JÜRGEN KASTEN

Wuppertod

EINE STADT IN ANGST Der griesgrämige Chefermittler Fiebig hat noch schlechtere Laune als üblich. Erst wird er seinen Führerschein los, dann will eine junge, unerfahrene Staatsanwältin bei ihm hospitieren und zu guter Letzt treibt eine Leiche in der Wupper, deren Todesursache zunächst unklar ist. Die tote Frau sollte eine tragende Rolle im neuen Stück des Tanztheaters übernehmen. Doch nicht jeder war darüber erfreut. Fiebig sieht darin das Mordmotiv. Lokalreporter Lars Lombardi mischt sich ungefragt ein und will Fiebig auf eine andere Spur leiten. Als es zu Anschlägen auf alternative Kultureinrichtungen Wuppertals sowie zu direkten Angriffen auf deren Besucher kommt und noch eine weitere Leiche gefunden wird, scheint klar zu sein, dass die Taten miteinander zusammenhängen. Alle Spuren weisen auf ein und denselben Täter hin. Doch wer ist der Unbekannte? Als man ihn schließlich identifiziert hat, gelingt es ihm immer wieder, sich der Festnahme zu entziehen. Eine rasante Hetzjagd durch Wuppertal beginnt …

Jürgen Kasten wurde in Berlin geboren, wuchs im Ruhrgebiet auf und lebt nun bereits lange Jahre in Wuppertal. Während seiner beruflichen Laufbahn als Polizist hat er Umwelt- und Korruptionsdelikte bearbeitet, war Leiter von Mordkommissionen und zuletzt Chef des Kommissariats für Tötungs- und andere Gewaltdelikte. Seit 2007 ist Kasten Mitautor eines Kulturmagazins. Der Autor ist im Schriftstellerverband Bergisches Land aktiv und Mitglied des »Syndikat«. »Wuppertod« ist sein erster Kriminalroman im Gmeiner-Verlag.

JÜRGEN KASTEN

Wuppertod

Kriminalroman

GMEINER

Personen und Handlung sind frei erfunden.
Ähnlichkeiten mit lebenden oder toten Personen
sind rein zufällig und nicht beabsichtigt.

Bei Fragen zur Produktsicherheit gemäß der Verordnung über die allgemeine Produktsicherheit (GPSR) wenden Sie sich bitte an den Verlag.

Besuchen Sie uns im Internet:
www.gmeiner-verlag.de

Im Ehnried 5, 88605 Meßkirch
Telefon 07575/2095-0
info@gmeiner-verlag.de

Lektorat: Claudia Senghaas, Kirchardt
Herstellung: Mirjam Hecht
Umschlaggestaltung: U.O.R.G. Lutz Eberle, Stuttgart
unter Verwendung eines Fotos von: © Jürgen Kasten
Druck: Zeitfracht Medien GmbH, Industriestraße 23,
70565 Stuttgart
Printed in Germany
ISBN 978-3-8392-2393-2

Personen und Handlung sind frei erfunden.
Ähnlichkeiten mit lebenden oder toten Personen
sind rein zufällig und nicht beabsichtigt.

1. KAPITEL

Franz Fiebig konnte nichts für seinen Namen. Den lastete er seinen Eltern an. Gott hab sie selig. Er fuhr auch nicht freiwillig mit der Schwebebahn.

Es heißt ja, dass Jean Cocteau beim Anblick einer solchen Bahn ausgerufen haben soll: »Aber das ist ja ein Engel.« Für Fiebig war das eine missglückte Straßenbahn, die, anstatt auf Schienen zu fahren, in luftiger Höhe an solchen hing. Überdies schaukelte sie und legte sich in den Kurven quer. Das konnte einem schon Bange machen. Es war kaum zu glauben, Fiebig war bisher noch nie mit der Schwebebahn gefahren. Nun gut, er war zugereister Wuppertaler; aber immerhin seit etlichen Jahren hier beheimatet. Umso erstaunlicher, dass er schon seit Tagen dieses Verkehrsmittel bevorzugte.

»Es ist halt die schnellste Art, durchs Tal zu fahren«, erklärte er jedem, der ihn darauf ansprach.

In Wirklichkeit blieb ihm allerdings kaum eine andere Alternative.

Ein unliebsamer Kollege hatte ihm nicht glauben wollen, dass er keinen Alkohol getrunken hatte, und ließ ihn ins Röhrchen pusten. Mit einem schmutzigen Grinsen nahm er ihm dann den Führerschein ab, und das gezischte »Arschloch«, das ihm dabei nicht entging, fand sich Tage später in der Beleidigungsanzeige wieder, die Fiebigs Abteilungsleiter wütend auf den Schreibtisch knallte.

Der Schreibtisch stand im größten Büro des Kommissariats, das gleichzeitig als Kaffeebude und Besprechungsraum fungierte sowie als illegaler Rauchsalon. Natürlich war Rauchen im gesamten Polizeipräsidium verboten, wie in jedem öffentlichen Gebäude auch. Aber Fiebig wäre nicht der Tintenpisser, für den ihn etliche hielten, wenn er nicht ein Argument gefunden hätte, das dieses »natürlich« ad absurdum führte.

»Der Duden«, so dozierte er vor dem Gebäudemanager, »weist dem Adjektiv ›natürlich‹ folgende Bedeutung zu: dem Vorbild in der Wirklichkeit entsprechend. Ein Rauchverbot in diesem Büro entspricht aber nicht der Wirklichkeit, denn hier werden Zeugen und Beschuldigte vernommen. Die sitzen hier unter extremem Stress, weil möglicherweise von dem, was sie sagen oder nicht sagen, ihr weiteres Leben abhängt. Wenn ich denen das Rauchen untersage, dann kommt das einer verbotenen Vernehmungsmethode gleich, wenn nicht sogar einem Foltervorwurf nahe.«

Der Gebäudemanager, der früher Hausmeister hieß, schaute sein Gegenüber mit offenem Mund an.

»Und deshalb wird hier weiterhin geraucht«, schloss Fiebig seinen kleinen Vortrag.

»Sie übertreiben es ein wenig zu oft«, zischte sein Abteilungsleiter später; aber gegen die Strafprozessordnung wollte auch er nicht anstinken.

Jetzt saß Fiebig hinter dem mit Papieren und Akten übersäten Schreibtisch, denn hier war er der Chef, und sein Abteilungsleiter stand wieder einmal breitbeinig davor und zeigte anklagend auf die Anzeige.

»Wenn Sie so weitermachen, sind Sie die längste Zeit Leiter des KK 11 gewesen!«, donnerte er dem massigen Mann entgegen, der im Sitzen fast größer erschien als er im Stehen.

Fiebig lächelte nur süffisant, wusste er doch, dass diese Drohung ins Leere lief.

Niemand im Präsidium konnte auf ihn verzichten, denn er war der absolute Fachmann, wenn es um die Aufklärung von Kapitaldelikten ging. Unumstritten war er nicht. Das war auch ihm klar. An seine Kompetenz, seine Fähigkeit zum analytischen Denken und vor allem seine Aufklärungsquoten langte allerdings niemand heran. Das Donnerwetter nahm er deshalb gelassen entgegen, runzelte nur die hohe Stirn, die ansatzlos in eine spiegelnde Glatze überging, als ihm verkündet wurde, dass eine junge Staatsanwältin bei ihm für einige Zeit hospitieren wolle.

Das war letzte Woche gewesen. Schwebebahnfahren war ihm inzwischen fast zur Gewohnheit geworden, denn er benutzte sie jeden Tag. Was blieb ihm auch anderes übrig. Laufen war keine Fortbewegungsmethode, die ihm auf den Leib geschrieben war.

Fiebig hatte auch eine Schwester, die leider verwitwet war. Das »leider« bezog er auf sich, denn nun konzentrierte sich ihre gesamte Fürsorge auf ihn, den alternden Griesgram, der wohl nie mehr im Leben eine Frau abbekommen würde.

Sein ganzes Gerede vom »geborenen Junggesellen« half ihm da wenig. Er musste sie ertragen. Immerhin hatte sie ihm den Tipp gegeben, dass Polizeibeamte den öffentlichen Nahverkehr, also auch die Schwebebahn, kostenlos nutzen durften. Ihr verstorbener Mann war nämlich auch Polizist gewesen und überdies Fiebigs Freund. Seinen frühen Tod bedauerte er sehr. Damit stand er allerdings ziemlich alleine da, denn Koslowski pflegte einen sehr autoritären Führungsstil, der ihn unbeliebt gemacht hatte. Darüber hinaus war er auch besonders in Kreisen der Obdachlosen gefürchtet. In Zeiten, in denen sich die Elberfelder Polizeiwache noch im alten Rathaus befunden hatte, war er dort einer der Wachführer gewesen.

Das im Stil der Neugotik um 1900 errichtete Verwaltungsgebäude, eingebunden von hässlichen Betonbauten der 60er-Jahre, bot vom gegenüberliegenden Marktplatz aus gesehen einen prächtigen Anblick. Ausgetretene Stufen führten zum Portal hinauf, in dem linker Hand ein knallgelber Briefkasten montiert worden war. Dieser Postkasten war es, vor dem sich die Obdachlosen fürchteten.

Koslowski machte sich nämlich einen Spaß daraus, gelegentlich Obdachlose zu kontrollieren, die in den seltensten Fällen einen Ausweis bei sich trugen. Also nahm er sie zur Personalienfeststellung mit zur Wache, schubste sie die Treppe hinauf und gab den Festgenommenen kurz vor Erreichen der Tür einen harten Stoß, der sie gegen den Briefkasten warf und meist eine klaffende Kopfwunde nach sich zog.

»Der arme Tropf ist doch glatt gestrauchelt und gegen das eiserne Ding gelaufen«, lachte er meckernd, während die Kollegen den Verletzten verarzteten und schwiegen.

Das ging ungesühnt so weiter, bis Koslowski auf Kralle traf.

Eines frühen Abends absolvierte Koslowski wieder einmal eine kleine Runde über den Marktplatz, um zu rauchen und frische Luft zu schnappen. Die Marktstände hatten bereits geschlossen. Sie waren mit Markisen verhangen, Kisten mit Abfall und altem Obst standen für die Müllabfuhr bereit. Koslowski lehnte am Neptunbrunnen und betrachtete die beleuchtete Fassade des Rathausturms, als hinter ihm eine Kiste umfiel und Äpfel zwischen seine Beine kullerten.

Er wirbelte herum. Kralle bückte sich gerade, um einen der Früchte aufzuheben.

»Lass das liegen!«, herrschte Koslowski ihn an.

»Warum denn? Dat is doch Abfall.«

»Das ist Diebstahl.«

»Nee, dat is Mundraub. Dat darf man.«

Koslowski kriegte den armen Mann am Kragen zu fassen und schleifte ihn in Richtung Wache.

Nun war Kralle einer der Bedauernswerten, der bereits schmerzhafte Erfahrung mit dem Briefkasten gemacht hatte. Entsprechend widerwillig ließ er sich die Treppe zum Portal hinaufschieben. Dass er um diese Tageszeit nicht mehr ganz nüchtern sein konnte, durfte man ihm nicht anlasten.

Dass es auch mit seinen ausgetretenen Schuhen nicht zum Besten stand und überdies die Sohlen am sprichwörtlichen seidenen Faden hingen, ebenso wenig. Den Blick fest auf den in drohender Nähe befindlichen Briefkasten geheftet, blieb er an der letzten Treppenstufe hängen, strauchelte, warf Halt suchend seine Arme um sich und traf Koslowski unglücklich mitten ins Gesicht.

Erschrocken drehte er sich um, einen wutschnaubenden Koslowski erwartend, der gleich zuschlagen würde.

Der aber lag mit verdrehtem Hals unten an der Treppe. Seine trüben Augen sahen seiner Dienstmütze nach, die die Straße hinunterkullerte.

Die Beerdigung fand im engsten Familienkreis statt. Ein Pfarrer war nicht anwesend. Fiebig sprach ein paar gesalbte Worte, bevor trockene bergische Erde auf den Sarg prasselte.

Kralle wurde vom Vorwurf der fahrlässigen Tötung freigesprochen, stand aber zeitlebens in Fiebigs Schuld. Fortan wurde er Fiebigs V-Mann, wenn der Informationen aus der Szene benötigte.

Das alles ging Fiebig durch den Kopf, als er entspannt und guten Gewissens, aber ohne Fahrkarte in der Schwebebahn saß. Koslowski hatte gewusst, an welchen Stellen man als Polizist sparen konnte.

Es war Sonntag. Ein kalter Wind pfiff durch die Straßen, aber die Sonne schien. Fiebig kam es in den Sinn, dass er bisher noch nicht die gesamte Streckenlänge der Schwebebahn abgefahren war. Inzwischen fühlte er sich zwar als Wuppertaler, kannte die Stadt allerdings immer noch nicht in all ihren Facetten, Winkeln, Gassen und malerischen Hinterhöfen. Eine Fahrt mit der Schwebebahn würde neue Blickwinkel eröffnen, sagte er sich und dachte dabei an einen frühen Film Wim Wenders. Mit »Alice in den Städten« hatte Wenders die Stadt gewürdigt. Er ließ eine Schwebebahn durch Sonnborn gleiten, einem alten Stadtteil, in der die Bahn über die enge Straße schwebte und dabei Einblicke in die oberen Etagen der Wohnhäuser bot. Das wollte auch Fiebig sehen.

An der Station Hammerstein stiegen zwei Kontrolleure zu und arbeiteten sich durch das mäßig besetzte Abteil. Als sie bei Fiebig anlangten und ein Ticket zu sehen wünschten, zeigte der ihnen seinen Dienstausweis.

»Was soll ich damit?«, fragte einer der Männer mit amüsiertem Gesichtsausdruck.

»Polizei«, knurrte Fiebig, »wir zahlen nicht.«

»Das gilt nur für Uniformierte, damit sie die Schwarzfahrer abschrecken und uns bei Schwierigkeiten unterstützen.«

Fiebigs Mimik verzog sich zu einem dämlichen Grinsen.

Der Kontrolleur lachte, erhob seine Stimme, wies mit dem Finger auf Fiebig und röhrte durch den Waggon: »Achtung, Leute, hier sitzt ein Polizist. Dass mir niemand auf dumme Gedanken kommt oder Randale macht.«

Alle Augen drehten sich Fiebig zu, der seinen kugelrunden Glatzkopf sich röten fühlte und nicht wusste, was er sagen sollte.

Der Kontrolleur lachte noch immer. »Das nächste Mal fahren Sie bitte mit gültigem Ticket.«

Am Zoo, der nächsten Station, stieg Fiebig aus. Gleich morgen früh würde er sich ein Monatsticket kaufen. Er hoffte nur, dass die neue Woche angenehmer anfinge, als sie aufhörte.

2. KAPITEL

Der Herbst kündigte sich mit ersten kühlen Nächten an. Die jetzige ging gerade in einen freundlichen Morgen über. Ohne von Wolken belästigt zu werden, stieg die Sonne über den Horizont und warf erste reflektierende Strahlen auf den Fluss, der sich durch die Stadt schlängelte.

Der Mann, der an diesem Montagmorgen unsanft aus der Tür einer Nachtbar gestoßen wurde, schaute mit zusammengekniffenen Augen verwundert ins Licht. Sein von Alkohol umnebeltes Hirn hatte den Verstand eingeschläfert.

Die Lichtreflexe auf der träge dahinfließenden Wupper blendeten ihn. Schützend hielt er eine Hand über die Augen, die andere umklammerte das kühle Eisen vor ihm. Auf unsicheren Beinen war er die paar Schritte bis zum Ufergitter der Wupper getorkelt, wollte sich an ihm bis zur Schwebebahnstation Alter Markt entlanghangeln.

Dann sah er sie.

Sieht schön aus, vermeldete der noch intakte Teil seines Hirns. Mit glasigen Augen schaute er aufs Wasser hinunter.

In der Zeitung hatte er des Öfteren Fotos von Kunstaktionen gesehen, die an ungewöhnlichen Orten der Stadt stattfanden. Jetzt wurde er endlich einmal Augenzeuge einer solchen Performance. Dass er der einzige Zuschauer war, wunderte ihn nicht. Er wunderte sich über gar nichts, stierte nur nach unten.

Die Frau schwamm auf dem Rücken. Ihre langen Haare breiteten sich fächerartig auf dem Wasser aus. Zwischen den Karpfen glitt sie langsam umher. Von leichten Strudeln hin und her gedreht, bauschte sich ihr leuchtend buntes Kleid auf.

Die Karpfen hatte er sich schon öfter angeschaut. Große dicke Biester waren das. Sie versammelten sich hier vor dem Auslauf des Heizkraftwerkes. Das warme Wasser und die darin wuselnde Beute zogen sie an. Wie er blieben hier oft Passanten stehen und schauten dem Schauspiel zu. Was dort jetzt geboten wurde, war allerdings etwas ganz Besonderes.

Das Kleid der Frau verfing sich gerade an einem Stein. Ihr Körper stand einen Augenblick still, drehte sich dann um seine Achse und zog bäuchlings, die Füße voran, langsam flussabwärts. Das dünne lange Kleid rutschte hoch bis über ihren Kopf. Die Haare zog sie wie einen langen Schleier hinter sich her. Mit dem Gesicht nach unten, schwamm sie weiter.

Langsam nahm er wahr, dass etwas nicht stimmte. Erst als der treibende Körper bereits unter der Schwebebahnstation seinen Blicken entschwand, griff er nach seinem Handy, wählte die Notrufnummer und brabbelte »Frau in Wupper, taucht nicht mehr auf« in das Gerät.

Der Anruf seiner Leitstelle erreichte Fiebig noch vor Dienstbeginn. Er beschloss, selber zum Fundort hinauszufahren. Mit dem Aufzug glitt er in die Tiefgarage, wollte gerade in seinen Wagen einsteigen, als ihm bewusst wurde, dass er derzeit keinen Führerschein besaß.

Sich von einem Streifenwagen abholen zu lassen, diese Blöße wollte er sich nicht geben. Also rief er eine Taxe.

Am Opernhaus hatte die Feuerwehr die Leiche aus dem Fluss geborgen. Als Fiebig eintraf, war außer dem beginnenden Berufsverkehr nichts weiter zu besichtigen. Jedenfalls nichts, was ihn interessierte. Die große, auf dem Mittelstreifen der Straße stehende Plastik, deren glänzendes Metall den Morgen spiegelte, streifte sein Blick nur flüchtig. Kunst und was man dafür hielt, entsprach nicht seinem Interesse.

Überdies suchten seine Augen nach etwas anderem.

Wird ein ganzes Stück abgetrieben worden sein, dachte er sich und ging langsam flussaufwärts, aufmerksam das Ufer der Wupper betrachtend. Er fand nichts, was darauf hindeutete, wo die Frau ins Wasser gelangt sein könnte. Am Alten Markt unterquerte der Fluss die Kreuzung. Auf der anderen Seite sah er erste Berufspendler der Schwebebahnstation zustreben. Er ging hinüber, stand jetzt in der schmalen

Straße neben dem McDonald's und schaute zur Station hinauf.

Vielleicht ist sie hier runtergesprungen oder gefallen, überlegte er, während er die Begrenzung oben am Schwebebahnhof betrachtete.

»Wat suchste?«

Am Wuppergeländer sah er Kralle lehnen. Der zauselige Obdachlose kramte ein erstes Morgenfläschchen aus seinem Seesack und schaute zum Polizisten hinüber. Beide kannten sich seit Jahren.

»Komm mir nicht zu nahe.« Fiebig fürchtete um sein sensibles Riechorgan.

»Dat Mädel is weggepaddelt. Wirste hier nich mehr finden.«

Fiebig ging ein paar Schritte auf ihn zu, hielt aber Abstand.

»Hast du was gesehen? Erzähl.«

Kralle nahm erst einen tiefen Schluck, bevor er mit einem Grinsen seine schiefen Zähne offenbarte.

»Wat zahlste?«

Fiebig bot ihm fünf Euro an. Mehr gab er nie, wenn er von Kralle einen Hinweis aus dem Milieu benötigte. Kralle witterte hier aber ein größeres Geschäft.

»Nee, nee, dat is mehr wert.«

Fiebig wedelte mit einem Zehn-Euro-Schein.

»Dat war mitten in der Nacht«, begann Kralle. »Ich penn doch immer da vorne unter der alten Fußgängerbrücke. Is muckelich warm.«

Fiebig kannte Kralles Schlafplatz unter der Brücke, direkt neben den Rohren der Fernheizung. Hatte ihn da schon oft genug aufgestöbert, wenn er ihn brauchte. Jetzt ging ihm das Ganze aber zu langsam voran.

»Bieg endlich deine Zähne auseinander und sag, was du gesehen hast.«

»Gesehen hab ich nix, nur gehört.«

»Was denn?«

Fiebig steckte den Geldschein wieder weg.

»Warte«, sprudelte Kralle jetzt los. »Die Brücke is ja gesperrt, wegen baufällig oder so. Bin wach geworden, weil jemand angerannt kam und das Gitter wegschob und auf die Brücke lief. War 'ne Frau. Die schrie irgendwas, ›Hälpmi‹ oder so. Irgendjemand kam hinterhergetrampelt. Die Frau schrie immer wieder ›Hälpmi, hälpmi‹, und dann hörte ich ein Platschen, als ob was inne Wupper gefallen wär. Danach war Ruhe und ich bin wieder eingepennt.«

»Gesehen hast du also nichts?«

»Nee, erst als die Sonne mich kitzelte. Da dümpelte so 'ne Frauengestalt mit buntem Kleid gerade die Wupper runter. Die war tot. So wat seh ich sofort. Die schwamm auf'm Bauch, den Hintern rausgestreckt.«

»Warum hast du nicht die Polizei gerufen?«

»Hä, womit denn? Außerdem brabbelte über mir so 'n Besoffener. Der hat die Bullen gerufen.«

Fiebig hielt ihm mit weit vorgestrecktem Arm die zehn Euro hin.

»Sag mir Bescheid, wenn du noch irgendwas hörst.«

Für eine Antwort hatte Kralle keine Zeit mehr. Er schlurfte los. Die Brückenschenke machte gerade auf.

Fiebig ging in die andere Richtung. Auf der maroden Fußgängerbrücke inspizierte er jeden Quadratzentimeter, fand am Geländer einen Fetzen Stoff, griff schließlich nach seinem Handy und bestellte die Spurensicherung.

3. KAPITEL

Bayerischer Abend im Brauhaus. Da er neu in der Redaktion war, konnte er sich nicht gleich zu Beginn ausschließen; obwohl es ihm ein Graus war. Bayerischer Abend, dabei dachte er an Sauerkraut und Weißwürste, an Ledertrachten und Dirndl. An die dazugehörende Musik zu denken, wagte er erst gar nicht. Es würde schwer genug werden, das zu ertragen.

Sich dem Abend kleidungsmäßig anzupassen, war ihm dann aber doch zu viel. Da blieb er standhaft.

So erschien Lars Lombardi im Kreis seiner Kollegen, wie er immer erschien: Jeans, schwarze Lederjacke, weißes T-Shirt. Das kontrastierte gut zu seinen schwarzen Haaren, lang nach hinten gekämmt, mit einem Gummi locker zum Pferdeschwanz gebunden. Die dunkel getönte Brille trug er nur, damit man ihm nicht an den Augen seinen Widerwillen ablesen konnte.

Das Brauhaus, direkt neben dem Rathaus gelegen, war vor langer Zeit mal ein Hallenbad gewesen. Er erinnerte sich gut, denn dort hatte er seinen Freischwimmer gemacht. Seit der Umwidmung zum Bier- und Eventtempel hatte er es nicht mehr betreten. Nach einem ersten Umschauen musste er eingestehen, dass der Umbau gelungen war. Im Hintergrund sah er einen riesigen Braukessel, der aus dem Tiefgeschoss hinaufragte. Seine Redaktion hatte einen Tisch auf der Galerie reserviert. Von dort aus sah man aufs Volk hinunter, das die Halle an diesem Sonntagabend gut füllte. Man wartete auf Peter A. Sänger. Unter frenetischem Beifall des bereits angeheiterten Publikums erschien ein kleiner, dicklicher Mann mit auffallend blondem Lockenkopf auf der Bühne.

»I sing a Liad für di und dann fragst du mi, magst mit mir daunzn gehen …«, begann er. Lars verstand diesen Dialekt nicht. Bayerisch konnte das jedenfalls nicht sein, da war er sich sicher. Es folgte »Fassi voll Bier« und nach dem dritten Lied gab Lars auf. Er verkündete, dringend seinen Nikotinspiegel auf Normallevel hieven zu müssen, und drängelte sich durch die Massen der begeisterten Menge an die frische Luft. Er hatte den Eindruck, als ob der frenetische Beifall nicht dem Vortrag des Künstlers galt, sondern sie sich vielmehr über ihn lustig machten.

Draußen wurde ihm erstmals bewusst, dass der Herbst langsam Einzug hielt. Es war verdammt frisch. Fröstelnd klappte er seinen Kragen hoch, kramte seine Zigaretten hervor und suchte einen windstillen Platz im Winkel neben dem Eingang.

Dort stand bereits jemand, der ebenfalls rauchte.

Eine Frau mit langen schwarzen Haaren und anmutigem Gesicht. Von der Figur sah er nicht viel. Sie war von einem dicken Mantel umhüllt. Sie lächelte ihm entgegen und rückte etwas zur Seite.

»Verkehrte Kleidung?«, zeigte sie auf seine kurze Jacke. Sie hatte eine tiefe, rauchige Stimme, die in ihm ein Kribbeln verursachte.

»Nee, verkehrte Veranstaltung«, sagte Lars.

»Warum sind Sie dann hier?« Ihr Lächeln verschwand nicht aus ihrem Gesicht.

»Ich musste, meine Redaktion ließ keine Ausnahmen zu.«

Sie nickte, fragte nicht nach.

»Kennen Sie den Schlagerfuzzi?«, fragte Lars. »Peter A. Sänger klingt so künstlich, und die Maske, die er trägt, ist ja wohl albern.«

»Scheint mir ein Pseudonym zu sein. Wie der richtig heißt, weiß ich auch nicht. Die Maske hat er sich wahrscheinlich bei Cro abgeguckt. Und der Lockenkopf ist auch nicht echt.«

Ihr Lachen klang heller als ihr Sprachtimbre. Lars registrierte, dass das Lachen dem Schlagerfuzzi galt. Also war seine Wortwahl nicht ganz falsch gewesen.

»Cro ist ja ein ganz anderes Kaliber. Für mich sieht der wie die Parodie eines Clowns aus.«

Sie lächelte noch immer, ließ nun ein Feuerzeug aufschnappen und gab Lars Feuer. Für einen kurzen Augenblick sah er im Schein der kleinen Flamme ihre dunklen Augen, die ihn interessiert betrachteten. Nach einem ersten Zug an seiner Zigarette fragte er, warum sie hier sei.

»Ich wollte auch rauchen«, antwortete sie.

»Nein, ich meine, warum sind Sie hier, auf diesem Bayerischen Abend?«

»Gruppenzwang, Freundinnen.«

Er verstand, dass auch sie aus dem Saal geflüchtet war.

Jetzt zauberte auch er ein Lächeln in sein Gesicht, nahm endlich seine Brille ab und schaute sie offen an.

»Warum sind wir dann noch hier? Lassen Sie uns woanders hingehen.«

Beide schauten sich in die Augen, dann streckte sie ihm ihre Hand entgegen. »Laura«, sagte sie, und er: »Lars«. Gleichzeitig mussten sie lachen.

»LaLa, Laura und Lars, das muss begossen werden.«

Er hielt ihre Hand fest und zog sie mit. »Mein Wagen steht da vorne auf dem Marktplatz.«

4. KAPITEL

Vor einer Woche war Fiebig eine junge Staatsanwältin angekündigt worden, die in seinem Kommissariat hospitieren wollte. Jetzt war es so weit.

Die morgendliche Besprechungsrunde des Kommissariats ging gerade dem Ende zu. Sie war obligatorisch. Fiebig hatte kurz von der Wupperleiche berichtet und ging dann zum normalen Tagesgeschäft über.

Neue Vorgänge mussten verteilt, laufende besprochen werden. Der Polizeipräsident kam des Öfteren dazu, um sich persönlich über Ermittlungsfortschritte informieren zu lassen. Mit ihm verstand Fiebig sich bestens. Beide hatten sich nicht als Behördenleiter und Untergebener näher kennengelernt, sondern eher zufällig als Mitglieder der Rotarier. Seitdem verband sie eine lose Freundschaft, vor allem der Genuss eines guten Rotweins, den beide schätzten. Dabei und beim Stopfen und Rauchen ihrer Pfeifen philosophierten sie über Gott und die Welt, die Politik sparten sie aus.

Fiebigs Mitarbeiter wussten davon. Also wunderte sich niemand, als der Präsident unangemeldet in die Runde platzte. Alle Augen starrten dagegen auf die Frau in seiner Begleitung. Selbst die Augen der Frauen tasteten sie mit bewundernden Blicken ab.

Sie war nicht besonders groß, keine gelackte Schönheit im Sinne eines Models; aber eine äußerst aparte Erscheinung, die eine Aura ausstrahlte, die besagte: Ich bin eine selbstbewusste, taffe junge Frau, eine starke Persönlichkeit, anmutig und elegant gleichermaßen, dabei aber ein absoluter Kumpeltyp, mit der man bestens zusammenarbeiten kann.

Freundlich in die Runde lächelnd, stand sie dort im bordeauxroten Kostüm, das schlanke Beine in halbhohen Wildlederstiefeln offenbarte. Lange schwarze Haare fielen ihr leicht gelockt über die Schultern. Schwarze Augen blitzten unternehmungslustig unter langen Wimpern. Ihre Figur traf kein kritischer Blick. Sie zeigte sich perfekt proportioniert.

»Lasst eure Griffel von der Frau«, zischte Fiebig später seiner Mannschaft zu. »Das gilt auch für euch«, schaute er die beiden bekennenden Lesben seines Kommissariats streng an.

Zunächst sprach aber nur Doktor Baumeister, der Präsident.

»Laura Conte«, wies er auf die junge Frau. »Staatsanwältin. Sie soll sich im Dezernat für Kapitaldelikte etablieren und möchte daher auf eigenen Wunsch zunächst hier ein mehrwöchiges Praktikum absolvieren, die Arbeit von Kriminalisten einmal aus deren Sicht kennenlernen.«

Laura nickte zustimmend und sagte mit einer rauchigen Stimme, die bei manchen ein Bauchkribbeln verursachte, dass sie sich hier gerne unterordnen werde und im Übrigen Laura genannt werden möchte. Fiebig schaute skeptisch, alle anderen erfreut. Kurzerhand scheuchte Fiebig seine Mannschaft an die Arbeit und unterrichtete dann den Präsidenten von seinem frühmorgendlichen Einsatz an der Wupper.

Als er kurz darauf mit Laura zu einem ersten Gespräch zusammensaß, fragte er, ob sie Italienerin sei.

»Ich bin Beamtin«, antwortete sie schnippisch, »damit ist ja wohl klar, welche Staatsangehörigkeit ich habe.«

Diese Art Belehrung war Fiebig nicht gewohnt. Er machte ihr auf seine Weise klar, wer hier der Chef war.

»Gut, Mädchen«, sagte er, »dann können wir ja gleich in die Arbeit einsteigen und als Erstes zu einer Obduktion fahren.«

Laura schluckte. Das »Mädchen« hatte sie ohne Widerspruch registriert, doch das Wort »Obduktion« kreiste nun in ihrem Kopf.

Nicht direkt am ersten Tag. Darauf müsste sie sich erst seelisch vorbereiten. Ihre Augenlider flatterten, nur kurz, dann erwiderte sie Fiebigs lauernden Blick festen Auges, nickte tapfer und sagte nichts.

Fiebig grinste. Der Punkt ging an ihn.

Er wollte sie nicht düpieren. Es war einfach der authentische Fiebig, der so sprach. Für ihn waren alle

Praktikanten, Kommissaranwärter, Referendare oder sonst wer Lehrlinge. Und Lehrlinge wurden geduzt, das musste doch wohl jedem einsichtig sein.

5. KAPITEL

Ihren ersten Tag im Kommissariat hatte Laura sich anders vorgestellt. Sie hatte geglaubt, die Mitarbeiter kennenzulernen, Gespräche zu führen, vielleicht in einige interessante Akten hineinzulesen und vor allem, dafür ein eigenes Büro zu bekommen.

Nichts von alledem. Stattdessen saß dieser komische Kauz vor ihr, behandelte sie wie ein kleines Mädchen und grinste auch noch dabei. Was soll's, sagte sie sich. Erst mal abwarten und sich nicht anmerken lassen, dass ihr die angekündigte Obduktion Angst machte.

Doch zunächst spulte Fiebig seine morgendlichen Routinearbeiten ab, tat so, als ob Laura gar nicht anwesend wäre, und als sie dann endlich Richtung Düsseldorf fuhren, stand der Zeiger bereits weit hinter zehn Uhr. Laura saß auf dem Beifahrersitz und las den kurzen Bericht, den Fiebig zu der Aussage des Obdachlosen geschrieben hatte.

»Sie haben ihn gar nicht gefragt, wer der Frau auf die Brücke gefolgt war.«

»Kralle hat nichts gesehen. Steht doch da«, knurrte Fiebig.

»Ja, aber gehört. Sie hätten fragen können, ob diese Person irgendetwas gesagt hat, ob die Schritte nach einem Mann oder einer Frau klangen. So was zum Beispiel.«

Ja, hätte ich, sagte sich Fiebig, wütend über sich selbst, antwortete aber nicht.

»Mädchen, du klingst verkatert«, sagte er stattdessen.

Laura lächelte in Erinnerung an den gestrigen Abend.

»War eine lange Nacht. Meine Stimme klingt allerdings immer so. Keine Sorge, ich bin fit.«

Wieder knurrte Fiebig nur, ohne darauf etwas zu erwidern.

Laura klappte den Deckel des dünnen Hefters zu und wies auf das Wort auf der Oberseite.

›Leichensache‹, stand da in steiler Handschrift.

»Das hört sich pietätlos an«, stichelte Laura. »Warum schreiben Sie nicht ›Todesermittlungssache‹, kurz ›TE‹, so wie es alle machen?«

»Im strafrechtlichen Sinn ist eine Leiche eine Sache, also heißt es korrekterweise ›Leichensache‹. Das solltest du als Staatsanwältin doch wissen.«

Laura wollte auch endlich einmal punkten und versuchte, ein wenig Schärfe in ihre Stimme zu geben.

»Warum duzen Sie mich eigentlich ständig? Ich bin eine erwachsene Frau, bin Staatsanwältin, stehe kurz vor der Promotion und bin demnächst wahrscheinlich Ihre Vorgesetzte.«

Fiebig lachte.

»Quatsch, Mädchen. Die Staatsanwaltschaft gehört zur Judikative, ist also eine völlig andere Behörde als unsere exekutive Polizei. Meine Vorgesetzte kannst du nie werden.«

Laura schwieg vorerst. Das konnte sie nicht wechseln.

Die Fahrt, keine 30 Kilometer lang, zog sich. Erst kurz vor dem Werstener Kreuz löste sich der zähflüssige Verkehr auf. Fiebig gab Gas, schoss in den Tunnel unter dem Südkreuz Düsseldorfs und wurde kurz darauf von einem überholenden BMW angehupt.

»Idiot.« Fiebig zeigte ihm den Stinkefinger und zuckte gleichzeitig zusammen. Nicht, weil ihm erst jetzt auffiel, dass er im Tunnel ohne Licht fuhr, sondern weil er ja gar keinen Führerschein mehr besaß.

Sofort ging er vom Gas runter, schaute in den Rückspiegel, ob vielleicht ein Streifenwagen folgte, und fuhr dann die restlichen paar Hundert Meter bis zur Uniklinik extrem vorsichtig.

»Auf der Rückfahrt übernimmst du das Steuer«, schaute er zu Laura rüber, die das zwar nicht verstand, aber folgsam nickte.

Der stockende Verkehr auf der A 46 hatte die Zeit noch mehr gestreckt, und als sie endlich kurz nach elf im Obduktionssaal standen, hatten sie das Wesentliche verpasst.

Seit langem war Fiebig nicht mehr hier gewesen. Er hatte einen der jungen Pathologen erwartet, sah sich jetzt allerdings dem Chef, Professor Lämke, gegenüber. Beide verband keine innige Freundschaft. Fiebig fand Lämke arrogant, der wiederum sah in Fiebig einen unhöflichen Schnösel. So nickten sie sich nur kühl zu. Fiebig war kurz hinter der Tür, im gebührenden Abstand zur Leiche, stehen geblieben. Süffisant winkte ihn der Professor herüber: »Kommen Sie doch näher ran, Fiebig. Von dort aus können Sie ja gar nichts sehen.«

Fiebig wollte auch gar nichts sehen, murmelte nur etwas wie: »Dem Mädchen ist schlecht. Muss ihr erst mal einen Kaffee einverleiben.«

Er drehte sich um und schob Laura durch die Tür hinaus. Sie zappelte etwas, aber Fiebigs Hand zwischen ihren Schulterblättern blieb unerbittlich.

»Was soll das?«, entwand sie sich seinem Griff. »Mir ist überhaupt nicht schlecht.«

Professor Lämke hörte das nicht. Sein Gehilfe setzte gerade die Knochensäge an und vollendete mit routiniertem Schwung um die Schädeldecke herum den Schnitt.

Das Kreischen der Säge ließ Laura zusammenzucken, und ein »Schrecklich!« entwich ihren Lippen.

»Siehst du, sag ich doch.«

Laura ließ sich jetzt ohne Widerstand bis zum Sekretariat schieben und nahm dort den Kaffee dankend an.

In Wirklichkeit war es aber Fiebig, der das nicht aushalten konnte. Während seines Arbeitslebens hatte er Leichen ohne Ende gesehen, sie untersucht, sie unter

Brücken oder vor Lokomotiven zusammengekratzt, an unzähligen Obduktionen teilgenommen und überhaupt alles Schreckliche erblickt, was einem so als Mordermittler zugemutet wurde. Nun war er langsam in die Jahre gekommen, zwar noch nicht ganz 60; aber sein Leben schien ihm jetzt schon endlich. Wenn er sich vorstellte, eines Tages läge er dort auf dem Blechtisch und um ihn herum stünden ihm unbekannte Leute, die seinen Körper begutachteten, in seinen Organen herumkramten und dabei Witze machten, dann verursachte ihm das Angst.

Deshalb war er schon lange nicht mehr hier gewesen und dass er das heute freiwillig auf sich nahm, dafür schalt er sich selber.

Noch mehr Sorge machte ihm allerdings, dass Laura das bemerkt haben könnte.

»Mädchen, wenn du davon ein Wort zu meinen Jungs sagst, ist unsere Freundschaft beendet«, knurrte er drohend.

»Welche Freundschaft?«, fragte sie und wusste auch sonst nicht, was er denn meinte. Der bullige, glatzköpfige Mann, den sie sich selber als Chef auf Zeit ausgesucht hatte, kam ihr immer merkwürdiger vor. Und auch diesmal erhielt sie keine Antwort.

Wortlos schlürften beide ihren Kaffee. Danach glaubte Fiebig, etwas gutmachen zu müssen, und zeigte ihr einen zurzeit unbenutzten Obduktionssaal, erklärte das Inventar, die Abläufe und die Zuständigkeiten der Rechtsmedizin.

Laura kam es so vor, als ob sie im Arbeitsraum einer Metzgerei stünde. Gefliester Boden und Wände, Blechtische, Schüsseln, Waagen und jede Menge Gerätschaften, mit denen man in und durch Fleisch schneiden konnte. Sie schüttelte sich und war froh, das alles gerade eben nicht im Einsatz gesehen zu haben.

Erst nach einer Stunde betraten beide wieder den Obduktionssaal, in dem der Gehilfe mit der Schlussnaht beschäftigt war.

»Schon fertig?«, fragte Fiebig scheinheilig, aber Professor Lämke sah ihn nur mitleidig an.

»Wollen Sie nun wissen, was mit Ihrer Toten los ist?« »Deswegen sind wir hier«, trat Fiebig mutig an den Obduktionstisch heran.

»Gut, wenn Sie das Band abgeschrieben haben, können Sie es nachlesen.«

Mit bösem Grinsen im Gesicht übergab er Fiebig ein Diktiergerät, lächelte Laura freundlicher an und sagte: »Habe die Ehre, muss nun dringend in den Hörsaal. Meine Studenten warten.«

Bevor er die Tür erreichte, ließ ihn ein »Herr Professor, bitte!« wieder umdrehen.

»Geht doch«, schmunzelte er und ließ sich dann doch eine kurze Zusammenfassung entlocken.

»Die Frau hatte nur wenig Wasser in der Lunge. Sicherlich wird sie ertrunken sein, allerdings vermute ich, dass sie keinen oder nur noch minimalen Atemreflex hatte, als sie ins Wasser stürzte.«

»Was heißt das?«

»Bei der Wasserberührung war sie bereits betäubt oder hatte durch den Sturz eine Schockstarre.«

»Was spricht denn dafür oder dagegen, dass sie bereits tot ins Wasser fiel?«

Professor Lämke zuckte mit den Schultern.

»Keinerlei Verletzungen, keine krankhafte Veränderung irgendwelcher Organe. Sie sehen ja selbst, dass das Mädchen völlig intakt ist. Auch einen Herzfehler habe ich nicht festgestellt. Kein Alkohol im Blut. Nichts im Magen.«

»Ein Obdachloser hatte vorher Hilfeschreie gehört, und wahrscheinlich lief jemand hinter ihr her.«

Wieder erntete Fiebig nur Schulterzucken.

»Wie gesagt, keinerlei Verletzungen.«

»Aber an irgendwas muss sie ja verstorben sein.«

»Ich bin zurzeit überfragt. Blut habe ich ins Labor geschickt, aber die Analyse dauert ein paar Tage. Und Ihre Techniker haben vorhin bei der Spurensicherung unter einem Fingernagel der Leiche eine weiße Substanz gesichert. Sieht aus wie Kalk oder Gips, meinten sie.«

»Gips?«

»Ich gebe nur wieder, was der Techniker sagte.«

Schon in der Tür, drehte er sich noch einmal um: »Das Mädchen hatte auch nichts weiter an, nur dieses Kleid dort und darunter einen Slip, allerdings war ihr rechter Oberschenkel getapet. Vielleicht Sportlerin.«

»Tänzerin.«

Laura murmelte es vor sich hin.

»Könnte sein.« Professor Lämke nickte anerkennend. »Makellose Figur, reine weiche Haut, aber dafür ungewöhnlich starke Hornhautbildung unter den Fußsohlen.«

Damit verschwand er endgültig.

Laura und Fiebig waren nun mit der Leiche alleine. Selbst der Tod hatte ihre Schönheit nicht auslöschen können. Ihre langen dunklen Haare hatten allerdings den Glanz verloren, und die fast mandelförmigen Augen im ebenmäßigen Gesicht blickten trübe ins Nichts.

Laura schoss ein Foto mit ihrem Smartphone.

Fiebig hatte sich dem Kleid zugewandt. Seine Kriminaltechniker waren lange vor ihm hier gewesen, hatten Spuren an der Leiche gesichert, Haarproben genommen, Fingernägel abgeschnitten und asserviert und das Kleid zum Trocknen auf einen Bügel ans Fenster gehängt.

›Mitbringen – aber nicht mit bloßen Händen anfassen‹, hatten sie auf einem Zettel notiert, der am Saum befestigt war. Fiebig streifte sich Handschuhe über und verpackte es in eine Papiertüte. Das Kleid war ein dünnes Etwas, in hellen Pastellfarben gehalten.

»Wer läuft bei diesem Wetter mit so einem Fetzen rum?«

»Eine Tänzerin, die von der Probe kommt. Sagte ich doch.«

Fiebig schaute fragend auf. Vorhin hatte er Lauras Einwand nicht ernst genommen, jetzt aber wollte er wissen, wieso sie das annehme.

»Am Alten Markt, direkt über dem McDonald's, befindet sich der Probenraum des Tanztheaters. Da wird sie hergekommen sein.«

6. KAPITEL

Auf der Rückfahrt hing Fiebig seinen Gedanken nach. Falls seine derzeitige Fahrerin recht hatte und die Tote möglicherweise eine Tänzerin war, dann sollten sie das gleich klären.

»Fahr direkt durch bis zum Alten Markt«, wies er Laura an, »und rase nicht so, 120 ist hier das Limit.«

Laura ging nicht vom Gas runter. Sie war diese Zurechtweisungen leid.

»Sie wollen doch wohl nicht die Leute vom Tanztheater mit dem Foto der Toten erschrecken?«

Ihr Ton klang aggressiv.

»Natürlich, wie sollen wir sonst rauskriegen, wer unsere Leiche ist?«

Und Fiebig setzte noch eins drauf: »Wenn wir nachher im Büro sind, schreibst du das Band hier ab.«

Er legte ihr Professor Lämkes Diktiergerät in den Schoß.

Laura verschlug es die Sprache. Bis sie in Barmen hinter dem McDonald's den Wagen parkte, sagte sie kein Wort mehr.

Erst als sie ausstieg und vor dem Eingang der

Romantica Bar einen Obdachlosen stehen sah, der sich dort unter der Überdachung dem beginnenden Nieselregen entzog, wies sie auf den Mann.

»Ist das dort Ihr Freund?«

Fiebig brauchte länger, seinen massigen Körper aus dem Wagen zu hieven. Dann sah auch er Kralle und winkte ihn herüber.

Kralle beäugte neugierig die schöne Frau an Fiebigs Seite und schnalzte anerkennend mit der Zunge. Erzählen konnte er aber nichts weiter, so dass unklar blieb, wer die Frau auf der Brücke verfolgt hatte.

»Ich glaub aber, dass die zu denen da gehört hat.« Dabei zeigte er am Haus hoch.

Fiebigs Blick folgte Kralles Finger entlang der Fassade.

»Wieso meinst du, die gehörte zum McDonald's?«

»Pff!«, zischte Laura ungläubig. »Sie kennen sich aber überhaupt nicht aus. Die Burgerbude belegt die ersten zwei Etagen. Darüber kommt noch ein großer Saal und das Ganze war früher ein Kino, die Lichtburg. Da oben befindet sich der Probenraum des Tanztheaters. Die Lichtburg ist quasi ein Synonym für das Theater.«

»Genau«, mischte Kralle sich ein. »Und die haben ihren Eingang auf der anderen Seite, direkt neben der Brückenschenke. Da stehen die Herrschaften öfter und schmoken und haben manchmal so Kleider an wie die Frau im Wasser. Und gestern Abend stand da diese tote Frau und hat sich mit einer anderen richtich gezofft.«

»Das sagst du jetzt erst?«

Fiebig hob warnend eine Hand.

»Da hasse nich nach gefragt.« Kralle wich zurück.

»Die hatte datselbe Kleid an und die andere ein grünes und die hatte blonde Haare.«

Dann schlurfte er davon. »Für 'n Zehner kannse nich mehr erwarten«, murmelte er noch gut verständlich.

»Warte!«, rief Fiebig.

»Weswegen haben die sich denn gezankt?«

Kralle blieb stehen, hielt aber Abstand.

»Keine Ahnung, die haben ausländisch gesprochen.«

»Na gut, aber halte die Augen offen und melde dich, wenn du hier mal jemanden siehst, der wie ein Maurer aussieht oder überhaupt irgendetwas mit Gips zu tun hat.«

Den letzten Halbsatz murmelte er mehr vor sich hin.

Kralles Augen leuchteten auf.

»Vorschuss.«

Auffordernd streckte er eine Hand vor.

Wie selbstverständlich kramte Fiebig einen Zehner hervor und wedelte damit durch die Luft.

»Erst liefern.«

Damit steckte er den Geldschein wieder weg.

Laura verfolgte kopfschüttelnd die Szene, und Kralle wandte sich schimpfend ab.

Oben in der Lichtburg platzten Fiebig und Laura mitten in eine Probe hinein. Fiebig starrte ungläubig auf die Männer und Frauen, die auf Kommando synchrone Bewegungen machten, die er nicht als Tanz interpretieren konnte.

Die Kommandos kamen von einer am Tisch sitzenden grauhaarigen Frau.

Sie klatschte in die Hände und rief: »Kurze Pause!«

»Was wollen Sie hier?«, wandte sie sich dann den ungebetenen Gästen zu.

Bevor Fiebig mit seiner harschen Art lospoltern konnte, ergriff Laura das Wort. Gleichzeitig gab sie Fiebig mit einem Handzeichen zu verstehen, dass er sich ruhig verhalten sollte.

Wider Erwarten fügte Fiebig sich ohne Widerspruch. Er setzte sich wortlos auf einen freien Stuhl am Tisch und betrachtete den Raum.

Der obere Teil der Wände war tatsächlich wie ein Kinosaal gestaltet: In Falten gelegte Schallschutzverkleidung aus bedrucktem Stoff im Stil der 50er-Jahre. Darauf verteilt Lampen, wie Fiebig sie noch aus seiner Kindheit kannte. Ansonsten war der Raum weitgehend leer. Einige große Spiegel standen an den Wänden, ein Barren, dessen Funktion er sich an diesem Ort nicht erklären konnte. Und abseits des Tisches stand ein weiterer Tisch, auf dem sich allerhand Technikgeräte befanden. Ein altes Klavier sah er noch, und an Kleiderhaken hingen lange, farbige Gewänder, in der Art, wie sie auch die Tote getragen hatte.

Laura hatte sich neben die Frau gesetzt und sich und ihren Begleiter leise vorgestellt. Diese nannte ebenfalls ihren Namen und Laura registrierte einen französischen Akzent. Nur kurz warf die Frau einen Blick auf das Foto, das Laura ihr hinhielt, und schlug sich dann erschrocken eine Hand vor den Mund. Ein leiser Schreckenslaut entwich ihr trotzdem. »Kartei«, glaubte Laura zu verstehen.

Den Tänzern, die in Grüppchen zusammensaßen und erregt irgendetwas diskutierten, entging das nicht. Schlagartig verstummten sie und schauten neugierig zum Tisch hinüber. Die Probenleiterin stand auf und winkte Laura hinaus ins Treppenhaus.

»Julie, please continue!«, rief sie mit fast überkippender Stimme einer großen blonden Frau zu, die in einer Ecke alleine saß und etwas auf einem Block notierte.

Fiebig blieb sitzen. Er schaute sich alles seelenruhig an, spielte dabei mit seinem Handy, als ob er mit der Angelegenheit nichts zu tun hätte. Erst nach ein paar Minuten stand auch er auf und folgte den beiden Frauen nach draußen.

»Was ist mit ihr? Sie ist heute nicht zur Probe erschienen und gestern Nacht einfach verschwunden?«, wurde Laura gerade gefragt und dabei mit flackerndem Blick angeschaut.

Sie ging auf die Frage nicht ein.

»Wer ist die Frau auf dem Foto?«, wollte sie wissen.

»Katai, unser Kaninchen.«

»Ein Kosename?«

»Sie nennt sich selber so, weil sie nicht ruhig sitzen oder stehen kann. Ständig hüpft sie umher, muss immer in Bewegung sein.«

Ihre Stimme klang unsicher. Noch immer wusste sie nicht, was die Polizei wollte, warum man ihr dieses Foto gezeigt hatte. Katai sah darauf nicht gut aus, wie eine Tote wirkte sie. Doch das Offensichtliche wollte sie nicht wahrhaben, wollte es nicht hören. Schnell sprach sie deshalb weiter: »Eigentlich heißt sie Ratree Upadee, kommt ursprünglich aus Thailand, hatte aber zuletzt in den USA getanzt. Sie ist eine unserer neuen Tänzerinnen. Ich leite heute die Probe für eine Wiederaufführung von ›1980‹. Wir sind im Zeitdruck und haben deshalb gestern die ganze Nacht hindurch gearbeitet.«

»Sie ist tot, ertrunken«, mischte Fiebig sich in das Gespräch ein.

Die Frau zuckte zusammen. Fiebig registrierte es, was ihn aber nicht daran hinderte, genauso unverblümt weiterzusprechen.

»Ist während der Proben irgendetwas vorgefallen, oder warum ist sie plötzlich verschwunden?«

Diese Frage nahm die Probenleiterin nicht mehr auf. Sie sank auf den Stufen der Treppe zusammen, schlug die Hände vors Gesicht. Ihre Schultern zuckten, von stummen Weinkrämpfen geschüttelt. Mit einem Schniefen stand sie auf, wandte sich der Tür zum Probenraum zu.

»Lassen Sie mich bitte alleine gehen«, sagte sie mit bebender Stimme. »Ich muss es den anderen sagen.«

Laura, die sich zunächst neben sie gesetzt und sie in den Arm genommen hatte, stand jetzt auch auf und schaute Fiebig böse an, während die Frau verschwand.

»Empathie ist für Sie wahrscheinlich ein Fremdwort.«

Fiebig verstand diesen Einwand nicht. Er war doch kein Trauerbegleiter.

»Mädchen, in diesem Job musst du noch einiges lernen. Wenn du so etwas zu nahe an dich herankommen lässt, hältst du das nicht lange durch.«

Er wollte keine Antwort, hätte er auch gar nicht bekommen, denn das musste Laura erst einmal verdauen.

Fiebig machte ohne Pause weiter. »Was hast du da drin gesehen?«, wollte er wissen.

»Einen Probenraum, verängstigte Tänzer, eine geschockte Probenleitung.«

Ohne das Ende ihres Satzes abzuwarten, sagte Fiebig: »Ich habe eine unaufgeräumte Turnhalle gesehen, Tänzer, die sich offensichtlich über etwas stritten, und am Anfang eine Choreografin oder was auch immer sie ist, die sichtlich genervt auf das Gehampel ihrer Schüler reagierte.«

Laura schluckte. Sie konnte sich nicht erinnern, dass jemals irgendjemand so despektierlich über ein weltweit renommiertes Tanztheater gesprochen hätte.

»Und was siehst du hier?«

Fiebig hielt ihr sein Handy vor. Der alte Fuchs hatte nicht damit herumgespielt, sondern heimlich Fotos gemacht.

»Das ist nicht zulässig«, war alles, was Laura dazu einfiel.

»Die sind nur für meinen Privatgebrauch.« Fiebig grinste.

»Ich sage dir, was zu sehen ist. Alle Tänzer schauen erschrocken hoch, als du mit der Frau geflüstert hast. Alle, nur diese eine nicht, die mit dem grünen Kleid. Sie wusste bereits, warum wir gekommen sind.«

Laura nahm Fiebig das Handy aus der Hand und zoomte das Bild größer. Tatsächlich sah sie erschrocken aufgerissene Augen. Nur diese eine Tänzerin mit dem grünen Kleid und langem blondem Haar sah starr und mit unbeweglicher Miene zum Tisch hinüber.

»Geh wieder rein und kriege raus, wer das ist«, forderte Fiebig.

»Nein!«

Laura wandte sich dem Treppenabgang zu.

»Ich suche mir im Internet ein Bild vom Tanztheater raus, dann wissen wir, wer das ist, und können sie dann zur Dienststelle vorladen.«

Bis sie wieder im Büro ankamen, sprachen sie kein Wort miteinander.

»Denk an das Band«, war Fiebigs Abschiedsgruß.

»Ich will die Abschrift morgen früh auf meinem Schreibtisch liegen sehen.«

Damit winkte er Laura aus seinem Büro und schloss die Tür.

Laura stand im Flur, schüttelte wieder einmal nur den Kopf und ging dann in das Büro, an dessen Tür ›Kriminaloberkommissarin Fassbender‹ stand. Ohne anzuklopfen, trat sie ein und fragte, ob sie den PC benutzen dürfe.

Elke, eine Frau Ende 30, lächelte sie freundlich an und wies auf den freien Platz an ihrem Schreibtisch. Sie stand bereits im Mantel im Raum und wollte gerade Feierabend machen.

Ihr ununterbrochenes Lächeln irritierte Laura. »Was ist«, fragte sie, »sehe ich irgendwie komisch aus?«

»Nein, im Gegenteil.«

Noch immer dieses Lächeln.

»Elke«, streckte sie Laura ihre Hand entgegen, »willkommen in unserem verrückten Kommissariat. Entschuldige, dass ich die ganze Zeit so blöd grinsen muss, aber ich lache eigentlich über Fiebig. Er hat uns verwarnt, dich ja nicht anzumachen.«

Laura schaute sie erst fragend an, dann musste auch sie lachen. Sie hatte verstanden.

Elke zog ihren Mantel wieder aus.

»Soll ich dir helfen?«

Sie wies auf das Diktiergerät in Lauras Hand. Erleichtert nahm Laura das Angebot an. Sie vermutete, dass in Professor Lämkes Diktat viele medizinische Ausdrücke enthalten waren, die ihr unbekannt waren.

So war es dann auch. Elke hatte damit allerdings keine Schwierigkeiten. Trotzdem dauerte es knapp zwei Stunden, bis alles geschrieben war. Zwischenzeitlich war es draußen dunkel geworden und das Kommissariat bis auf die zwei Frauen verlassen. Dachte Laura jedenfalls. Als sie jedoch in Fiebigs Büro trat, um dort den abgeschriebenen Obduktionsbericht auf den Schreibtisch zu legen, saß der noch immer an seinem Platz. Er telefonierte und seinem Gesichtsausdruck und seiner säuselnden Stimme nach offensichtlich mit einer Frau – *seiner* Frau?

Das also konnte auch Fiebig sein, dachte Laura, charmant und freundlich.

Fiebig schien ihre Gedanken zu erraten.

»Das war Frau Doktor Goldbach, Chefin der Notärzte. Sie hat einen merkwürdigen Anruf erhalten, hysterisch, sagte sie. Ein von der Stimme her junges Mädchen hatte um Hilfe gebeten. Ihre Freundin sei hochschwanger, das Kind werde jeden Augenblick erwartet, und sie befürchtet, dass ihre Freundin eine Dummheit macht.«

»Was heißt das?«, fragte Laura erstaunt.

»Das heißt, dass Frau Goldbach um Amtshilfe gebeten hat, falls sie nicht in die bezeichnete Wohnung gelassen wird, denn sie befürchtet eine heimliche Geburt ohne Hilfe.«

»Ist für so eine Amtshilfe nicht die Schutzpolizei zuständig?«, wollte Laura wissen.

»Elli Goldbach verhandelt aber lieber mit mir.« Ein verschmitztes Grinsen überzog Fiebigs Gesicht.

»Und das heißt weiter«, fuhr er fort, »ihr müsst noch mal raus. Elke weiß, was zu tun ist.«

Laura sah ihn entgeistert an; aber er wedelte sie schon wieder in seiner überheblichen Art mit der Hand hinaus.

7. KAPITEL

Elke nahm den zusätzlichen Einsatz am frühen Abend gelassen hin.

»Mit solchen Sachen musst du hier ständig rechnen. Selbst nachts oder am Wochenende klingelt Fiebig dich raus. Von der 38-Stunden-Woche kannst du dich die nächste Zeit verabschieden.«

Laura fand keine Zeit, sich darüber weitere Gedanken zu machen. Elke lenkte den Dienstwagen mit irrsinniger Geschwindigkeit durch den Berufsverkehr über die Talachse, bog dann nach Norden in die Straße Schwarzbach ein und hängte sich hinter einen Notarztwagen, der mit seinem Blaulicht und der Sirene den Weg freifegte.

Vor der angegebenen Adresse standen bereits ein Krankenwagen und eine zusätzliche Kindernotärztin mit ihrem Team. Die kreisenden Blaulichter zuckten über die Hausfassaden.

»Macht doch endlich die Festbeleuchtung aus«, raunzte Elke einen der Sanitäter an. »Die ganze Straße hängt ja schon in den Fenstern.«

Wortlos drehte er sich um und gab einem Fahrer ein Zeichen.

»Unten rechts soll es sein«, sagte er dann und zeigte auf das Haus gegenüber.

In den beiden Fenstern der Wohnung flackerte es bläulich.

Nach mehrmaligem Klingeln ging ein Flurlicht an und der Türdrücker summte. In der Etagentür stand eine etwa 50-jährige mollige Frau, die wortlos den Weg in die Wohnung freimachte. Sie fragte nichts. Stumm wies sie Elke und Laura den Weg ins Wohnzimmer, setzte sich auf die Couch vor dem laufenden Fernseher und sagte immer noch nichts. Elke stellte sich und Laura vor und schaute sich um.

Sie sah ein Zimmer ohne Besonderheiten. »Bestimmungsgemäß eingerichtet«, so stand es später in ihrem Bericht.

Eine Couch, zwei Sessel, Schrankwand mit integriertem Fernsehfach, Kommode, mehrere Hocker mit Plüschdeckchen, darauf Kunstblumen, und auf den sonstigen Ablagen jede Menge Nippes, vom weißen Pudel bis zum pausbäckigen Engelchen. Auf dem Tisch zwei barocke Weinpokale, wie überhaupt insgesamt Gelsenkirchener Barock.

Im Aschenbecher qualmte eine angerauchte Zigarre. Der dazugehörende Mann starrte in den Fernseher und ignorierte die beiden Frauen.

Die restliche Mannschaft war im Treppenhaus stehen geblieben und wartete auf Anweisungen.

Elke versuchte ein Gespräch mit der Frau. Es wurde ein Monolog.

Sie erklärte, warum sie hier waren, dass bei der Feuerwehr ein Hilferuf eingegangen war und alle sich nun Sorgen um einen neuen Erdenbürger und um ihre Tochter machen würden. Die Frau schaute nur stumm zu Boden. Der Mann rührte sich überhaupt nicht.

»Machen Sie doch bitte mal den Fernseher aus«, sagte Laura zu ihm. Ansonsten hielt sie sich im Hintergrund.

Widerwillig stand der Mann auf, schlurfte zu dem Gerät, schaltete es ab, setzte sich wieder neben seine Frau auf die Couch, lehnte sich zurück und schloss die Augen.

Elke wurde langsam wütend und lauter.

»Wo ist Ihre Tochter?«, bellte sie die Frau an.

Eine Antwort erhielt sie nicht.

Die abgefragten Daten des Einwohnermeldeamtes hatten für diese Familie eine 16-jährige Tochter namens Melanie verzeichnet.

»Niemand sonst hier«, raunte Laura ihrer Quasi-Kollegin zu. Sie hatte währenddessen einen Schnelldurchgang durch die Wohnung unternommen.

»Wo ist Ihre Tochter?«, wandte Elke sich nun fast bittend wieder der Frau zu.

Endlich schaute sie auf, blickte durch die ungebetenen Besucher hindurch. Ihre dünne Stimme war kaum vernehmbar.

»Oben.«

»Wo oben?«

»Bei ihrer Freundin.«

Die gemurmelten Worte gingen in ein Schniefen über.

Elke informierte die Rettungskräfte vor der Tür.

Kurz darauf waren Stimmengewirr und Weinen aus dem Treppenhaus zu vernehmen. Die Haustür fiel ins Schloss. Laura schaute auf die Straße hinaus.

Vor den Feuerwehrautos hatte sich eine Menschentraube versammelt. Sanitäter trugen eine junge Frau durch die Menge und schoben die Trage in den Rettungswagen. Eine weitere junge Frau oder Mädchen blieb weinend davor stehen.

Kurz darauf schellte es an der Wohnungstür. Es war die Kindernotärztin.

»Die junge Frau hat vor ganz kurzer Zeit entbunden. Sie spricht aber nicht mit uns. Die Chefin ist gerade mit ihr unterwegs zur Landesfrauenklinik. Wenn wir das Baby noch retten wollen, müssen Sie jetzt ganz schnell machen, denn oben hat keine Entbindung stattgefunden.«

Elke kam zurück in die Wohnung gerannt, wollte erst die Frau anschreien, kniete sich dann aber vor sie hin, um sie zu zwingen, ihr in die Augen zu schauen.

»Wo ist das Kind?«, fragte sie betont ruhig.

Die Frau schaute immer noch nicht auf. Genauso leise wie vorhin, fast tonlos, murmelte sie: »Oben, hab ich doch schon gesagt.«

Wütend sprang Elke auf.

»Das Baby meine ich, wo ist es?«

Mit aufgerissenen Augen schaute die Frau jetzt hoch,

machte den Mund auf, sagte dann doch nichts und begann zu weinen.

»Los, komm«, winkte Elke Laura aus dem Wohnzimmer.

Das Zimmer der Tochter war nicht zu übersehen. Märchenmotive klebten auf der Tür. Eine Deckenleuchte gab es dort nicht. Lediglich eine Stehlampe und eine Schreibtischlampe spendeten schummeriges Licht.

Auf dem Tisch lag ein aufgeschlagenes Schulbuch: Biologie, 10. Jahrgangsstufe, »Das Wunder der Menschwerdung«.

Elke wischte es mit einem bösen Zischen vom Tisch und begann, das Zimmer zu durchsuchen.

Laura war in der Tür stehen geblieben.

»Was ist?«, raunzte Elke sie an,«fang bei dem Schrank dort an.«

»Ich kann nicht.«

Ein prüfender Blick Elkes traf sie. Leichenblass stand Laura im Türrahmen.

»Ich kann das wirklich nicht«, murmelte sie. »Das halte ich nicht aus. Stell dir vor, ich schaue da rein und dann liegt da ein, ein …« Stumm wies sie auf den Schrank.

»Geh nach nebenan und versuche, mit den Eltern zu reden«, schickte Elke sie aus dem Zimmer.

Ein kurzes Durchatmen, dann zog die Kriminalbeamtin sich die Handschuhe über und begann, alle Schubladen, alle Schranktüren zu öffnen. Sie schob die Wäsche beiseite, baute sogar das Bett auseinander – nichts.

Absolut nichts, was darauf schließen ließe, dass hier irgendwo eine Geburt stattgefunden haben könnte.

Ratlos drehte sie sich im Zimmer herum, betrachtete noch einmal die wenigen Möbel. Sie hatte nichts ausgelassen. Vielleicht waren sie doch in der falschen Wohnung, müssten oben bei der Freundin nachschauen.

Noch einmal versuchte Elke, das gesamte Zimmer zu erfassen.

Neben dem Schreibtisch blieb ihr Blick an einer ledernen Schultasche hängen. Sekundenlang starrte sie darauf, kniete sich dann nieder, öffnete vorsichtig den Überwurf.

Ihre Hand ertastete etwas Feuchtes und zog ein Frotteetuch hervor. Ein blutiger Faden klebte daran.

Elke zuckte zurück. Die Nabelschnur.

Auf dem Boden der Tasche lag ein noch warmes, glitschiges Etwas.

Hastig riss sie die Tasche an sich, rannte hinaus und drückte sie der Kindernotärztin an die Brust, die rauchend vor ihrem Einsatzwagen stand.

Vor Schreck ließ diese die Zigarette fallen, begriff dann aber sofort, sprang mit der Tasche in den Wagen und schob Elke die Tür vor der Nase zu.

Es hatte zu nieseln begonnen. Elke nestelte eine Zigarettenpackung aus ihrer Jacke, steckte sich mit bebenden Fingern eine an.

»Verdammte Scheiße!«, fluchte sie, schaute sich um.

Niemand befand sich mehr auf der Straße. Keine Neugierigen klebten in den Fenstern. Es war ihnen langweilig geworden.

Nach quälend langen 20 Minuten schob sich die Tür des Rettungswagens wieder auf. Die junge Notärztin sah geschafft aus. Wortlos schüttelte sie den Kopf.

»Nichts mehr zu machen – tot«, sagte sie dann mit rauer Stimme. »Ein Mädchen«, fügte sie noch leise an, drehte sich dabei aber weg, damit Elke nicht ihr Gesicht sehen konnte.

Mit hängendem Kopf ging die in die Wohnung zurück und trat mit einem Räuspern ins Wohnzimmer.

»Das gibt's doch gar nicht«, murmelte sie.

Niemand reagierte. Laura saß vor einem Glas Tee im Sessel. Das Ehepaar neben ihr auf der Couch und alle gemeinsam schauten in die Glotze.

»Es wäre ein Mädchen gewesen, wenn es noch leben würde«, sagte Elke härter als nötig.

Die Frau schaute kurz auf: »Wer?«

»Das Kind Ihrer Tochter.«

»Das kann ja gar nicht sein«, äußerte sich zum ersten Mal nun der Mann, »Melanie ist ja gerade erst 16 geworden.«

Elke ignorierte ihn, wandte sich der Frau zu:

»Sie müssen doch bemerkt haben, dass Ihre Tochter schwanger war.«

»Nein«, antwortete sie leise. Melanie sei schon immer etwas pummelig gewesen.

Bedrückende Stille füllte den Raum.

»Nein«, sagte sie noch einmal leise, schaute endlich einmal richtig hoch und fuhr fast trotzig und laut fort: »Nein, Melanie war nicht schwanger. Wir haben doch immer streng darauf geachtet, dass sie nichts mit einem Jungen anfing. Dazu war sie ja viel zu jung.«

»Aber …«

Mehr brachte Elke nicht hervor und Laura sagte gar nichts. Beide schauten sich nur an, doch plötzlich sprudelte die Frau los:

Melanie wäre wohlbehütet gewesen, eine gute Schülerin. Jungenbekanntschaften hätte es nicht gegeben. Nach der Schule wäre sie immer sofort nach Hause gekommen. Irgendwohin ausgehen hätte sie in ihrem Alter gar nicht gedurft, schon gar nicht in die Schülerdisco, die samstagnachmittags in der Aula vom Musiklehrer organisiert würde.

Das ginge ja auch sowieso nicht, weil um diese Zeit der Bibelkreis ihrer Gemeinde stattfände, der wäre für Melanie eine Pflichtveranstaltung gewesen, an der sie gerne teilnahm.

Elke hob zweifelnd die Augenbrauen, worauf die Frau nur noch schneller sprach:

»Da war absolut nichts. Mein Mann holte sie immer ab, wenn es mal später wurde. Die Kinder kennen wir ja auch alle, die in dem Kreis mitarbeiten. Die kommen alle aus unserer Gemeinde, alle aus anständigen Familien, die kennen wir doch alle, wir arbeiten doch auch aktiv in der Gemeinde, mein Mann ist im Vorstand, nein, das kann alles gar nicht sein, was Sie uns da erzählen wol…«

Ihre letzten Worte waren nur noch ein unverständliches Gemurmel.

»Hatte Melanie überhaupt keine Freunde?«

»Freunde? Natürlich hatte sie eine Freundin, oben«, zeigte sie mit dem Kopf hoch.

Elke schwieg. Hilflos hörte sie Günther Jauch im Fernseher zu, der gerade von einem Kandidaten wissen wollte, was man redet, wenn man Unsinn von sich gibt.

»Makulatur«, murmelte Laura, noch bevor die vier möglichen Antworten eingeblendet wurden.

Elke war etwas konsterniert, versuchte es noch einmal.

»Ihre Tochter hat vor ungefähr einer Stunde ein Kind geboren, ein Baby, verstehen Sie, ein neues Menschenkind. Hier in Ihrer Wohnung, nebenan im Kinderzimmer. Das haben Sie nicht bemerkt?«

Die Frau sagte nichts, senkte nur wieder den Kopf.

»War Ihre Tochter aufgeklärt?«

»Aufgeklärt?«

»Ja, aufgeklärt«, wurde Elke wieder laut.

»Aufgeklärt über sexuelle Praktiken, über Verhütungsmethoden, über …«

»Darüber sprechen wir nicht«, unterbrach die Frau den Satz. »Melanie ist ja noch ein Kind. Das gehört sich nicht, so über … darüber zu sprechen.«

»Wann waren Sie denn zuletzt mit Melanie beim Frauenarzt?«

»Frauenarzt?«, meldete sich der Vater nun zum ersten Mal. »Sie hören doch, dass Melanie ein Kind ist. Sie war bei keinem Frauenarzt.«

»Die wollen einfach nichts wahrhaben, was ihrem beschränkten Lebensbild widerspricht«, murmelte Laura vor sich hin, ohne jemanden anzuschauen.

»Vielen Dank für den Tee, war nett bei Ihnen«, sagte sie sarkastisch, stand auf und ging in Richtung Tür.

Elke wollte etwas sagen, drehte sich dann aber doch wortlos um und ging auch.

Die Frau kam ihnen hinterher.

»Wie sah es denn aus?«, fragte sie leise, damit ihr Mann es nicht hören konnte.

»Wer?«, stellte Elke sich dumm.

»Das Baby …«

»Tot! Tot sah es aus!«

Elke knallte die Tür hinter sich zu.

Die Rückfahrt verlief schweigend. Vor der Ampel am Alten Markt musste Elke anhalten. Laura sprang aus dem Wagen.

»Ich brauche dringend Alkohol«, rief sie und überquerte schnell die Straße.

In dem Häuserblock mit dem McDonald's und der Lichtburg befand sich auch das Café Moritz. Nur wenige Gäste waren anwesend. Laura setzte sich in eine Ecke, bestellte einen Weißwein und zog ihr Handy hervor.

»Ich brauche dich, bin im ›Moritz‹«, sagte sie nur kurz, dann liefen ihr Tränen übers Gesicht.

Lars kam nach einer Viertelstunde.

Eine Weile hielt er Laura stumm umarmt. Schließlich löste sie sich, streckte sich einmal durch, schniefte in ihr Taschentuch und begann zu erzählen.

Sie fing mit der Obduktion an, berichtete dann von ihrem Besuch in der Lichtburg und zeigte Lars das Foto der toten Tänzerin.

»Die kenne ich«, sagte Lars verblüfft. »Erst vorige Woche hatte ich sie interviewt.«

Das war sein erster größerer Auftrag für seine Zeitung. Das Tanztheater hatte neue junge Tänzer und Tänzerinnen engagiert und er hatte den Auftrag erhalten, alle zu interviewen.

»Die Ratree Upadee war unheimlich nett und selbstbewusst«, erzählte Lars, »und sie sprach ein putziges Englisch. Wenn ich alles richtig verstanden habe, dann fühlte sie sich gemobbt, was ich natürlich nicht geschrieben habe.«

Laura winkte ab. Darüber wollte sie jetzt nicht sprechen. Sie hatte im Augenblick andere Probleme. Ihre Geschichte von dem Einsatz mit dem toten Baby nahm Lars achselzuckend hin.

»Wahrscheinlich wird so was demnächst dein Alltag. Damit musst du leben«, sagte er und merkte nicht, wie sie das traf.

Abrupt stand Laura auf.

»Was seid ihr alle gefühlskalt!«, rief sie wütend und stürmte aus dem Lokal.

8. KAPITEL

Schlapp und müde schleppte Laura sich am nächsten Morgen ins Kommissariat. Die Aussicht, von Fiebig mit mürrischer Miene empfangen zu werden, machte es nicht besser. Doch Fiebig überraschte sie.

Als sie in sein Büro trat, kam er sofort mit sorgenvollem Gesichtsausdruck auf sie zu und umarmte sie sogar kurz.

»Der erste Tag gestern war für dich sicherlich nicht leicht, Mädchen. Setz dich erst einmal und trink einen Kaffee.«

Laura setzte sich an den Besprechungstisch und sah ungläubig zu, wie Fiebig sie bediente.

»Professor Lämke hat gerade angerufen«, erzählte er ihr dabei. »Unsere Tänzerin ist mit größter Wahrscheinlichkeit vergiftet worden. Womit, kann noch nicht gesagt werden, da müssen noch mehrere Analysen durchgeführt werden. Aber eins scheint klar zu sein: Im Magen der Toten befand sich absolut nichts. Also muss ihr das Gift injiziert worden sein. Lämke hat sich daraufhin noch einmal ganz genau die Leiche angeschaut und tatsächlich einen winzigen Einstich im Oberarm gefunden.«

»Und was bedeutet das jetzt für uns?«

Lauras Lebensgeister erwachten langsam.

»Liest du keine Kriminalromane? Gift, damit töten doch wohl hauptsächlich Frauen.«

»Klischee«, murmelte Laura nur, geistig noch nicht ganz auf der Höhe.

»Das werden wir ja denn sehen«, trompetete Fiebig. Er sah sich einer Lösung des Falles bereits nahe.

»Jedenfalls unterhältst du dich mal ausführlich mit der Probenleiterin, so von Frau zu Frau, und ich werde mir diese andere Tänzerin kommen lassen, mit der unsere Tote Streit hatte.«

»Sie wissen ja gar nicht, wer das ist.«

»Ich kann auch googeln«, sagte Fiebig, »Miriam van Bourg heißt die Dame, eine Belgierin. Sie kommt um zehn.«

Bevor Laura sich auf den Weg machte, wollte sie wissen, was denn nun in der Sache mit dem toten Baby weiter passiere.

Fiebig erklärte ihr, dass erst nach einer Obduktion des Babys geklärt sei, ob es tot geboren oder nach der Geburt erstickt oder irgendwie anders getötet wurde. Wäre Laura jetzt als Staatsanwältin im Amt, müsste sie dann zwangsläufig ein Verfahren gegen die 16-Jährige einleiten und gegen die Eltern auch, mindestens wegen unterlassener Hilfeleistung.

Das war Laura selber klar, und eigentlich wollte sie das auch gar nicht hören. Vielmehr bewegte sie im tiefsten Inneren die Frage, ob sie sich so was auf Dauer antun sollte und vor allem könnte.

»Keine Angst«, beruhigte Fiebig sie, »du brauchst nicht mit zur Obduktion zu fahren. Das macht Elke alleine. Die kann das ab.«

Auch das wollte Laura nicht hören. Sie trieb die Frage um, wie solche Erlebnisse wie gestern Abend zu verarbeiten seien, damit man auf Dauer keinen seelischen Schaden erlitt.

Fiebig konnte sich denken, was in Lauras Kopf vorging. Helfen wollte er ihr nicht. Damit musste sie alleine zurechtkommen.

Er hatte sich im Laufe der Jahrzehnte ein dickes Fell zugelegt. Er stellte sich diesen Fragen schon lange nicht mehr und gab sich von einem Augenblick auf den anderen wieder wie der alte knorrige Fiebig.

»Mach voran, Mädchen!«, scheuchte er sie aus dem Büro.

Im Gespräch mit der kleinen grauhaarigen Frau, die gestern die Probe des Tanztheaters geleitet hatte, war Laura noch immer nicht ganz bei der Sache. Beide saßen wiederum im benachbarten Café Moritz. Drei der älteren Tänzerinnen teilten sich die Probenleitung. Sie hatten maßgeblich an der Urfassung des Stückes mitgewirkt und rekonstruierten nun quasi die ursprüngliche Choreografie, damit die neu integrierten Tänzer ihre Bewegungsabläufe genauso vollführten, wie es Pina Bausch seinerzeit vorgegeben hatte. Da heute alle drei Probenleiter gleichzeitig in der Lichtburg anwesend waren, bereitete es Lauras Gesprächspartnerin keine Probleme, mit ins Café zu gehen.

Was sie zu erzählen hatte, half allerdings nicht viel weiter.

Die neue Intendantin des Tanztheaters ließ alle Stücke doppelt besetzen und natürlich auch proben. Fiel jemand wegen Krankheit aus, konnte sofort die zweite Besetzung einspringen, und es war sogar vorgesehen, komplette Stücke nur mit der zweiten Besetzung aufführen zu lassen.

Was nun Ratree Upadee betraf, war sie quasi als Double für Julie Shanahan vorgesehen.

»Aber Ratree war doch viel kleiner und außerdem schwarzhaarig«, wandte Laura ein.

Das spiele keine Rolle, wurde ihr erklärt. Wichtiger seien die Ausstrahlung der Persönlichkeit und natürlich die Dynamik und eine ausdrucksstarke Mimik.

»Aber wenn ich mich richtig erinnere, dann spielt Julie Shanahan doch in ›1980‹ eine total exaltierte Frau, selbstverliebt, überspannt und grotesk. Konnte Ratree das darstellen?«

»Absolut. Sie war mindestens so gut wie das Original.«

»Vermute ich richtig, dass mit dieser Rollenverteilung nicht alle einverstanden waren?«

»Ach, da sind immer irgendwelche Befindlichkeiten

im Spiel, auch Neid; aber wenn einmal alles festgelegt ist, dann regelt sich das von alleine. Die Truppe hält nach wie vor fest zusammen. Die Stimmung ist gut.«

Lauras zweifelnder Blick ließ noch einen Satz folgen: »Zankereien kommen immer mal vor. Das ist nichts Dramatisches, nichts, was die Compagnie entzweien würde.«

»Gab es denn andere Anwärterinnen auf diese Rolle?«

»Zuerst hatten wir Miriam dafür vorgesehen; aber ihr fehlt einfach das schauspielerische Etwas. Sie hat andere Stärken.«

Nach diesem Gespräch war Laura gespannt, wie sich Miriam van Bourg dazu geäußert hatte. Zuerst fuhr sie aber bei der Zeitungsredaktion vorbei. Es war ihr wichtig, Lars ihr gestriges Verhalten zu erklären.

Die Zeitung war erst kürzlich umgezogen, residierte jetzt mitten in der Stadt. Lars hatte seinen Arbeitsplatz in einem Großraumbüro mit Aussicht auf die Schwebebahn.

Seine Kollegen verfolgten mit bewundernden Blicken Lauras Gang, gespannt, an welchem Tisch er enden würde.

Lars wühlte sich gerade durch einen dicken Aktenordner und sah erstaunt auf, als Laura vor ihm stand.

Sie legte eine Karte auf seinen Tisch.

»Gästekarte für die nächste Aufführung von ›1980‹«, beantwortete sie seinen fragenden Blick. »Ich wollte mich für gestern Abend entschuldigen. Ich war nach diesem Tag einfach völlig fertig gewesen.«

Die Kollegen, die in Hörweite an ihren Schreibtischen saßen, lauschten amüsiert, wie Lars und Laura sich nun gegenseitig in Entschuldigungen überbieten wollten, bis beide schließlich in Lachen ausbrachen.

»Was machst du da?«, fragte Laura mit noch kieksender Stimme und zeigte auf den dicken Aktenordner, in dem sich offensichtlich Briefe befanden.

»Ich bin der Neue«, seufzte Lars, »mir haben sie alles Mögliche aufgehalst. Ich muss die Leserbriefe aussuchen, die wir veröffentlichen. Tagtäglich sind das überwiegend Meckerbriefe wegen der Baustelle am Döppersberg und dem Bahnhof. Und dann kommt auch noch so ein Scheiß dazu.

Schau dir mal diesen Mist an. Das kann man doch nicht bringen.«

Er reichte ihr den Brief, den er gerade in der Hand hielt.

Laura las kopfschüttelnd.

›Sehr geehrte Redaktion,
wir haben in Wuppertal eine lebendige Musikszene, die sich dem guten deutschen Schlager verschrieben hat. Sie aber berichten nur von dieser üblen Subkultur, die in der Stadt grassiert. Das muss sich ändern, sonst ergreife ich andere Maßnahmen.

Hochachtungsvoll
Werner Simon
Langerfelder Str. 12 a‹

»Was für ein Blödsinn«, sagte Laura, »welche anderen Maßnahmen will er denn ergreifen?«

»Vergiss es.«

Lars heftete den Brief zu den anderen in dem Ordner. »Komm, wir gehen einen Kaffee trinken.«

Später wurde Laura im Präsidium von einem jetzt mürrischen Fiebig begrüßt. Diesen Charakterzug an ihm kannte sie bereits zur Genüge, nicht aber dieses wütende Poltern, mit dem er sie empfing.

»Die Frau hat mich wahnsinnig gemacht. Redete ständig von Teamgeist, gegenseitigem Verständnis und Liebe zu allen Tänzern, wie auch immer das gemeint war.«

»Von wem sprechen Sie?«

»Von der van Bourg natürlich. Was dachtest du? So was von Gesabbel habe ich noch nie gehört. Wollte mir das ganze Stück erklären. Sie sei genau die Richtige für Julie Shanahans Rolle. Katai habe eine ganz andere Figur und spreche ein schreckliches Englisch. Bekniet habe sie die Katai, doch auf die Rolle zu verzichten. Die habe sie aber nur ausgelacht, die blöde Ziege. Gehasst habe van Bourg sie dafür.«

Dann musste Fiebig erst Luft holen, bevor er endlich normal weitersprach.

»In der Nacht der langen Probe sei sie gegen Morgen mit Katai rausgegangen, um eine zu rauchen. Noch einmal habe sie auf sie eingeredet, aber Katai habe gesagt, nur über ihre Leiche könne Miriam die Rolle übernehmen. Katai sei dann wutentbrannt abgehauen und sie selbst wieder hoch in den Probenraum gegangen.«

»Und, haben Sie sie verhaftet?«, fragte Laura spöttisch.

»Natürlich nicht«, knurrte Fiebig, »wir haben ja keinerlei Beweise, müssen erst abwarten, was die DNA-Vergleiche ergeben.«

»Gut, dann können wir ja noch einmal ganz entspannt ins Tanztheater gehen, bevor da das Chaos ausbricht.«

Fiebig schaute fragend auf die Freikarten, die Laura ihm vorlegte.

»Muss ich da hingehen?«

»Natürlich, Chef, wir müssen uns doch davon überzeugen, ob das Tanzstück als Motiv für einen Mord taugt.«

Fiebig fragte sich, ob diese Staatsanwältin, dieses Mädchen, sich über ihn lustig machte oder das ernst meinte; aber er behielt die Frage für sich.

9. KAPITEL

Als Lokalreporter fühlte Lars sich unterfordert. Er wollte mehr. Doch hier gab es nichts, womit er journalistisch hervorstechen könnte.

Die tägliche Pressemeldung der Polizei, die er in lesbare Häppchen aufzuteilen und den jeweiligen Stadtteilen zuordnen sollte, ging ihm leicht, zu leicht von der Hand. Ein aufsehenerregender Bericht, der ihm als Journalist Aufmerksamkeit und Anerkennung hätte bringen können, war ihm noch nicht vergönnt gewesen.

Der Tod der Tänzerin wurde zwar zum Leitartikel hochstilisiert, doch im Grunde genommen besagte er nichts weiter, als dass ein Mitglied des Tanztheaters ertrunken aufgefunden worden war. Die Polizei gab keine weiteren Hinweise heraus, und sein Chefredakteur verbot ihm zu spekulieren. Was er von Laura erfahren hatte, durfte er ohnehin nicht verarbeiten.

Missmutig machte er sich daran, den heutigen Polizeibericht zu bearbeiten. Verkehrsunfälle, Einbrüche, Diebstähle und Sachbeschädigungen waren in seiner

Vorlage im trockenen Amtsdeutsch aufgelistet. Lustlos blätterte er durch die Seiten.

Eine Haustür in der Luisenstraße, in dessen Erdgeschoss sich der »Ort« befand, hatten Unbekannte mit Fäkalien beschmiert.

Sauerei. Trotzdem konnte er sich ein Grinsen nicht verkneifen, und während er noch darüber nachdachte, wer auf so eine beschissene Idee gekommen sein könnte, schoss ihm ein anderer Gedanke durch den Kopf. Der »Ort« war eine von Peter Kowald initiierte Kultureinrichtung, für Musiker, Tänzer, Maler, Dichter, Denker und Zuschauer gleichermaßen eine Stätte der besonderen Kunst, die nicht jedem zugänglich schien. Dem Freejazz, so wie ihn Kowald von Wuppertal aus in die Welt hinaustrug, war auch er nicht zugetan.

Wie musste dieser Ort erst einem eingefleischten Schlagerfan gegen den Strich gehen?

Nachdenklich betrachtete Lars den Leserbrief, den er vorhin Laura gezeigt hatte. Er griff sich ein Telefonbuch. Ein Werner Simon war mehrmals verzeichnet, allerdings nicht unter der angegebenen Adresse.

Der Ordner mit den abgehefteten und nicht veröffentlichten Leserbriefen, den seine Kollegen schon vor seiner Zeit angelegt hatten, lag noch vor ihm.

Neugierig nahm sich Lars nun einen Brief nach dem anderen vor. Ihm schien die Diktion vieler Briefe gleich zu sein. In ihnen wurde alles geschmäht, teilweise böse beleidigt, was irgendwie mit der freien Kulturszene der

Stadt zu tun hatte. Und alle Briefe schlossen mit einer Drohung. In einem der Briefe wurde auch das Tanztheater beschimpft, und dieser Brief war mit Simon Werner, Langerfelder Straße, unterschrieben.

Lars legte die Briefe nebeneinander. Einmal Werner Simon und einmal Simon Werner. Beide Briefe waren keine Computerdrucke. Offensichtlich wurden sie mit einer Schreibmaschine getippt. Korrigierte Tippfehler befanden sich in ihnen. Die offensichtlich fiktiven Namen, der Schreibstil und vor allem die Maschinenschrift ließen Lars auf einen älteren Menschen als Absender schließen. Der Schreibende würde wahrscheinlich ein Mann sein, grübelte er weiter.

Er überprüfte die Adressen im Internet. Beide waren nicht existent.

Scheiße, dachte er, sollte hier ein Verrückter einen Feldzug gegen die Kulturszene anzetteln? Noch schlimmer, hing das womöglich mit dem Mord an der Tänzerin zusammen?

Lars griff zum Telefon, rief im Präsidium an und ließ sich mit dem Leiter des KK 11 verbinden.

»Wenden Sie sich an unsere Pressestelle«, wollte Fiebig ihn abwimmeln.

»Ich brauche keine Auskunft. Ich möchte Ihnen nur etwas mitteilen. Sie sind doch zuständig für den Tod der Tänzerin, oder?«, sagte Lars schnell, bevor Fiebig auflegen konnte.

»Was haben Sie denn für Erkenntnisse, die mich interessieren könnten?«

Lars hatte den Eindruck, dass sein Gesprächspartner nicht wirklich interessiert war. Fiebig klang unwirsch, und Lars fragte sich, wie Laura mit so einem offensichtlich unsympathischen Menschen zurechtkommen konnte. Gleichwohl blieb er selber höflich, erzählte von den Leserbriefen und seiner Überlegung, dass sie möglicherweise etwas mit dem »Ort« und vielleicht auch mit dem Mord zu tun haben könnten.

»Was für ein Mord?« Fiebig stellte sich dumm, und Lars wurde bewusst, dass er sich verquatscht hatte. Tatsächlich hatte in der Pressemeldung der Polizei nichts von Mord gestanden und schon gar nicht, dass ein Zusammenhang mit dem Tanztheater bestehen könnte.

Es stand lediglich geschrieben, dass die Frau in der Wupper ertrunken war.

Lars brauchte gar nicht erst zu versuchen, sich irgendwie herauszureden, denn Fiebig würgte ihn einfach ab.

»Das ist Quatsch, was Sie da vermuten. Wenn wir haltbare Fakten haben, die für die Öffentlichkeit zugänglich gemacht werden sollen, dann teilen wir das der Presse schon rechtzeitig mit. Bis dahin hören Sie von mir nichts weiter. Auf Wiederhören.«

Damit legte er auf.

»Die verdammte Presse hat ihre Ohren überall«, sagte er zu Laura, die ihm gegenübersaß und mit roten Ohren zugehört hatte. »Selbst im Kollegenkreis gibt es immer wieder verantwortungslose Quatschtanten, die Interna ausplaudern. Mädchen, denk daran, dass auch du der Verschwiegenheitspflicht unterliegst.«

Laura glaubte, Lars' Stimme während des Telefonats erkannt zu haben. Sie nickte und schwieg schuldbewusst.

Lars saß derweil an seinem Schreibtisch, starrte den Hörer an, den er noch in der Hand hielt, und ärgerte sich über diesen bornierten Polizisten.

Er nahm sich wieder den Polizeibericht vor und las ihn zu Ende. Eine weitere Meldung ließ ihn stutzen.

In der Nacht wurde ein Brandanschlag auf die »Börse« verübt. Unbekannte hatten einen Altpapiercontainer vor den Eingang geschoben und ihn angezündet. Die Fassade wurde dabei erheblich in Mitleidenschaft gezogen. Schlimmeres hatte die Feuerwehr verhindert.

Die »Börse« war auch ein alternatives Kulturzentrum, dachte Lars. Das konnte doch kein Zufall sein.

Wenn Fiebig nicht wollte, dann müsste er eben selber versuchen, der Sache auf den Grund zu gehen. Jemand, der so viele Hassbriefe schrieb, immer den gleichen Stadtbezirk als Adresse benannte, der müsste dort doch irgendwo zu finden sein.

10. KAPITEL

Fiebig war nie verheiratet gewesen. Seine letzte Beziehung zu einer Frau lag schon Jahre zurück. Dass seine harsche, kompromisslose Art bisher jede Beziehung über kurz oder lang beendet hatte, war ihm keine tiefer gehenden Überlegungen wert. Sich und sein Verhalten zu ändern, dazu war er nicht bereit. Er redete sich ein, zufrieden zu sein. Er genügte sich selbst, meistens jedenfalls. Manchmal allerdings überfiel ihn eine tiefe Melancholie. Ungern ließ er Gedanken dieser Art zu, musste sich aber insgeheim eingestehen, dass es schön wäre, eine Frau an seiner Seite zu haben.

Am heutigen Abend hatte er eine. Sie saß rechts neben ihm. Leider nur die Staatsanwältin Laura Conte. Er hatte das Gefühl, dass auch sie ihn nicht mochte. Überdies war sie sowieso viel zu jung. Sie könnte seine Tochter sein. Auch das war kein angenehmer Gedanke, denn wenn sie es wäre, hatte er außer seiner Schwester noch eine Frau, die ihn verbiegen wollte. Das wäre kein Spaß.

Fiebig sprach in letzter Zeit häufig inwendig mit sich selber. Vor allem dann, wenn er Probleme anzusprechen hatte. Die klärte er lieber für sich alleine, als sie mit anderen zu erörtern.

Gerade jetzt hatte er ein Problem. Er fühlte sich unwohl.

Der alte schwarze Anzug, in den er sich gezwängt hatte, spannte unangenehm. Unauffällig schnallte er den Gürtel der Hose etwas weiter und öffnete den obersten Knopf.

Dass ein Sitz links neben ihm frei geblieben war, störte ihn jedoch nicht. Ganz im Gegenteil. Er breitete sich gerne aus, was seiner Figur entgegenkam.

Früher war er gelegentlich ins Schauspielhaus gegangen, ins richtige, bevor man es als Teilruine abschrieb. Der Kubus des neuen behagte ihm nicht als Spielstätte.

Und im Opernhaus war er überhaupt noch nie gewesen. Das aus dem Anfang des letzten Jahrhunderts stammende Gebäude wurde in den 50er-Jahren, nach seiner Zerstörung im Krieg, renoviert. Das Interieur dieser 50er-Jahre sagte ihm zu. Weniger Wohlfühlcharakter hatten die zu eng gesetzten Stuhlreihen, die es unmöglich machten, bequem zu sitzen. Die Enge quälte ihn schon jetzt.

Wie bei Pina Bausch üblich, war von Anfang an die Bühne den Blicken der Zuschauer offen dargeboten. Zu sehen war eine grüne Wiese, die den gesamten Boden bedeckte, links und rechts aufgebaute Scheinwerfer, ein altes Harmonium und ein Barren, wie er sie schon in der Lichtburg gesehen hatte, und wie verloren ein einsames Reh, das mit seinen Glasaugen blicklos in den gefüllten Saal hinausschaute.

Das Licht wurde langsam gedämpft. Das Gemurmel der Zuschauer verstummte. Gerade wurden die Vorhänge vor die Saaltüren gezogen, als noch ein junger Mann hineinhuschte. Suchend schaute er umher, sah Lauras erhobenen Arm und drängelte sich durch die Reihe. Verärgert nahm Fiebig zur Kenntnis, dass er sich neben ihn setzte. Laura saß auf der anderen Seite. Sie beugte sich über Fiebig hinweg und begrüßte den Mann mit einem Wangenkuss.

Fiebigs fragenden Blick beantwortete sie flüsternd: »Lars Lombardi, Journalist. Ich habe ihn eingeladen.«

»Lombardi? Der Moderator der Lokalzeit im WDR?«

»Nee, der heißt Lambordo. Bin mit ihm weder verwandt noch verschwägert.«

»Haben wir vorhin nicht miteinander telefoniert?«, fragte Fiebig misstrauisch.

Was der hier wollte, konnte er sich gut vorstellen, ob er nun von Laura eingeladen worden war oder nicht.

Ein böses Zischen hinter ihnen ließ sie verstummen. Fiebig hatte sowieso kein Interesse an einem Small Talk. Erstens lag ihm das nicht, zweitens waren ihm Presseleute zuwider und der hier sowieso. Er beschloss, ihn zu ignorieren, und konzentrierte sich auf das Kommende.

Zwar war ein Mitglied des Ensembles erst vor zwei Tagen verstorben, aber »the show must go on«. Trotz aller bedrückender Trauer und Angst kam auch das Tanztheater nicht an diesem ehernen Grundsatz der Kunstschaffenden vorbei. Termine und Verpflichtungen mussten eingehalten werden.

Einigen der Tänzer sah man es allerdings deutlich an, dass sie von Emotionen geschüttelt wurden. Der Saal fühlte mit. Nur Fiebig focht das nicht an. Er merkte es nicht einmal.

Mit unbeweglicher Miene betrachtete er das Geschehen auf der Bühne, die Arme vor der Brust verschränkt.

Ein müder junger Mann schlurfte über die Wiese, setzte sich am Bühnenrand auf einen Stuhl, eine Schüssel in den Arm geklemmt. Er löffelte Brei, langsam, entnervend langsam, und bei jedem Happen sagte er: »Pour la maman, pour le papa, pour la mère, pour le père.«

Fiebig würde jetzt schon unruhig auf seinem Platz hin und her rutschen, wenn er Platz gehabt hätte.

Mehr als verwundert verfolgte er das Schauspiel. Tanz hatte er erwartet, keine Spielszenen, bei denen der Tanz nur kurz angedeutet wurde.

»Wovor hast du Angst?«, schrie jemand, der hinten im Zuschauerraum stand. Ein Tänzer nach dem anderen antwortete.

»Schlangen, Spinnen, alles, was kriecht«, rief Miriam van Bourg zurück, als sie an die Reihe kam. Immer wenn sie auftrat, schaute Fiebig ganz genau hin. Ob das gespielte Ängste oder echte Aussagen waren, konnte er nicht unterscheiden.

Auch Julie Shanahans Soli als zickig-schrille Diva beobachtete er genau. Dass die zierliche tote Katai diese Rolle hätte spielen können, vermochte er sich nicht vorzustellen.

Im weiteren Verlauf wechselten sich Kinderspiele, ein Zauberkünstler, ein Geiger und ein alter Turner ab.

Fiebig empfand das Ganze als absurdes Treiben, dem er genauso fassungslos zuschaute wie das ausgestopfte Reh auf der Bühnenwiese.

Einzig mit der Musik konnte er sich anfreunden. Die Mischung aus Benny Goodman, Comedian Harmonists, Brahms, Debussy und Ludwig van Beethoven sagte ihm zu. Und als Judy Garlands »Over the Rainbow« erklang, durchfuhr ihn sogar ein wohliger Schauer.

Das war aber auch der einzig erhebende Moment, und er war froh, als endlich eine Pause angesagt wurde.

Damit Fiebig sich nicht verdrücken konnte, spendierte Laura Prosecco, drückte ihm ein Glas in die Hand und zog ihn mit hinunter ins Foyer, wo ein bisschen frische Luft hereinwehte. Das Gedränge dort wurde Fiebig zu viel. Er schloss sich den Rauchern an und strebte dem Ausgang zu. Fröstelnd standen dort Grüppchen zusammen. Lars und Laura blieben in der Nähe des Eingangs stehen, zogen Zigaretten aus ihren Packungen, und Fiebig begann umständlich, sich eine Pfeife zu stopfen. Mehrmals schaute er sich um, und Laura befürchtete, dass er doch noch das Weite suchen würde, selbst wenn er Hut und Mantel zurücklassen müsste.

Sie hakte ihn unter und verwickelte ihn in ein allerdings einseitiges Gespräch.

»Wie finden Sie das Stück?«, fragte sie.

»Kasperletheater mit Anfassen«, knurrte Fiebig.

»Sie müssen bedenken, dass das Stück fast 40 Jahre alt ist. Es heißt nicht ohne Grund ›1980‹. Rolf Borzik, Pina Bauschs damaliger Lebensgefährte, war in diesem Jahr gestorben. Er war auch ihr künstlerischer Partner gewesen und Bühnenbildner all ihrer Stücke. Es geht viel um Ängste, um Kindheit und um schmerzvolle Erfahrungen der Vergangenheit. So gesehen ist dieses ›1980‹ auch ein Stück Trauerarbeit, das auf die Bühne gebracht wurde, und ein starkes Zeichen dafür, dass es trotz allem weitergeht.«

»Mag sein«, sagte Fiebig, »mir geht es gegen den Strich.«

Mehr zu sagen blieb ihm nicht.

Der Mann, der schon über eine Stunde auf einer Bank im benachbarten Engelsgarten gesessen hatte, war für seine Umgebung kaum wahrnehmbar. Er hatte einen schwarzen Kaftan an, eine Kapuze übergezogen und den Kopf mit dem langen Bart gesenkt. Den in Bronze gegossenen Friedrich Engels, den die Chinesen den Wuppertaler Bürgern vor Jahren ungefragt geschenkt hatten, hatte er nun lange genug angeschaut.

Der unweit stehenden Plastik von Alfred Hrdlicka mit ineinander verschlungenen und gefesselten Armen und Händen gönnte er keinen Blick. »Die starke Linke«, hatte der Künstler sein Werk genannt, denn die der Arbeiterschaft angelegten Ketten würden gesprengt werden. Für den Mann war das entartete Kunst. Er wollte gegen diese Art von Kunst vorgehen, ein Zeichen setzen und dafür sorgen, dass gute deutsche Volkskunst wieder gebührend gewürdigt würde.

Die ersten Raucher öffneten die Türen des Opernhauses und bevölkerten den Vorplatz. Darauf hatte er gewartet. Langsam stand er auf, atmete noch einmal tief durch und trat ins Licht hinaus.

Gleichgültige Blicke streiften ihn. Die selbsternannte Wuppertaler Scharia-Polizei war noch vielen in Erinnerung. Solche Gestalten hatte man schon gesehen. Überdies hatte man Wichtigeres zu diskutieren. Das auf der Bühne Gesehene musste verarbeitet werden.

Erst als der Mann inmitten der Menge stehen blieb und laut seine Stimme erhob, wandten sich ihm alle zu.

»Allahu Akbar!«, schrie er. »Warum schaut ihr euch diesen gottlosen Schwachsinn an? Dieses absurde Theater spottet der wahren, der schönen Kunst.«

Die ersten lachten. Dann kamen Pfiffe auf, Buhrufe, und die, die dem Mann am nächsten standen, forderten ihn auf, weiterzugehen. Jemand schubste ihn.

Der Mann wirbelte herum, hatte plötzlich ein Messer in der Hand, schlug damit wild um sich.

Blut spritzte, Schreie erklangen.

Die weiter weg Stehenden wurden erst jetzt aufmerksam.

»Was ist denn da los?« Fiebig drehte sich verwundert um. Er sah einen schwarz gekleideten Mann, der sich, immer wieder mit dem Messer zustechend, einen Weg bahnte und dabei ununterbrochen »Allahu Akbar« schrie.

Während Fiebig sich noch wunderte, Laura vor Schreck schrie, spurtete Lars los, warf sich dem Mann in den Weg und spürte sogleich einen stechenden Schmerz im Oberarm. Der Mann entwischte in die Dunkelheit, aber Lars hatte seinen Bart in der Hand.

Laura eilte zu ihm, hektische Anrufe ringsherum orderten Krankenwagen. Fiebig forderte polizeiliche Verstärkung und gab einen ersten Lagebericht für seine Leitstelle durch.

In Düsseldorf stieg ein Hubschrauber auf, ein SEK machte sich auf den Weg nach Wuppertal.

11. KAPITEL

Zuckende Blaulichter tauchten den Platz vor dem Opernhaus in ein Lichtgewitter. Dazwischen hetzten Ärzte und Sanitäter hin und her. Zwölf Personen mit teils erheblichen Stichwunden waren zu versorgen. Lebensgefährlich schien niemand verletzt zu sein.

Das Tanztheater brach die Vorstellung ab. Das Haus leerte sich. Nach Hause wollte jedoch kaum jemand gehen. Erregt diskutierend, bevölkerte das Publikum den Platz und behinderte die Rettungskräfte. Nicht wenige fotografierten die Szenerie und die Verletzten. Rund ein Dutzend Streifenwagen hatten sich postiert und alles abgesperrt. Die Polizisten drängten die gaffenden Zuschauer zurück, sprachen Platzverweise aus und notierten Personalien.

Fiebig wies sie an, wenigstens auch jeden zu fragen, ob sie den unbekannten Angreifer beschreiben könnten.

Inzwischen kreiste der Hubschrauber über ihnen. Er zog immer weitere Kreise. Sein starker Scheinwerfer strich über Häuserzeilen, Nebenstraßen und Hinterhöfe. Den geflüchteten Täter erfasste der Lichtkegel nicht.

Suchtrupps durchkämmten die Umgebung, auch sie erfolglos. Der Polizeipräsident war eingetroffen. Er redete auf die Leute ein, endlich nach Hause zu gehen. Nach und nach leerte sich der Platz.

Währenddessen saß Lars an einem Rettungswagen und ließ sich seine Wunde verbinden. Ein Stich in den Oberarm. Nichts Dramatisches.

Laura stand neben ihm, hielt seinen gesunden Arm umfangen und stellte erstaunt fest, dass er, ganz anders als sie selbst, mit Fiebig umging wie mit einem ungezogenen Schüler.

»Verdammt noch mal«, redete er auf Fiebig ein, »seien Sie doch nicht so starrköpfig. Das war kein Terrorist. Das war auch kein Araber. Das war ein verfluchter Deutscher. Das hat man doch an seinen Sätzen und der Wortwahl gehört. Außerdem hatte der einen angeklebten Bart«, zeigte er auf das Haargestrüpp, das er zwischen seine Beine geklemmt hielt.

Fiebig öffnete den Mund, doch Lars kam ihm zuvor: »Das ist irgendein Irrer, der einen Feldzug gegen die alternative Kulturszene veranstaltet. Das passt zu den merkwürdigen Briefen, die an unsere Redaktion geschickt wurden, und zu den Anschlägen auf den ›Ort‹ und die ›Börse‹.«

»Ich sehe da keinen Zusammenhang«, murmelte Fiebig trotzig.

Dann wurde er laut: »Ich kann Ihnen natürlich nicht

verbieten, über das Massaker hier zu berichten; aber alles Weitere erfragen Sie gefälligst über unsere Pressestelle. Von mir hören Sie nichts weiter.«

Er griff sich den Bart und wollte gehen.

»Wie sah der Mann denn aus? Sie haben ihn doch von Angesicht zu Angesicht gesehen«, fragte er dann doch noch.

»Pff, meinen Sie, darauf habe ich geachtet? Fragen Sie doch die Leute, die alle nur gegafft haben.«

Fiebig nickte und ging zu dem Wagen des Einsatzleiters hinüber.

Der Polizeipräsident saß darin und trank Tee aus einer Thermoskanne.

»Müssen wir das BKA benachrichtigen und um Übernahme der Ermittlungen bitten?«, fragte er.

»Das war kein Terroranschlag«, sagte Fiebig bestimmt. »Wir brauchen das BKA nicht. Ich glaube eher, dass hier jemand eine blutige Abrechnung mit dem Tanztheater hatte und auch unsere tote Tänzerin dabei eine Rolle spielt. Irgendetwas muss da vorgefallen sein, was so eine schreckliche Tat ausgelöst hat. Wir sollten eine Sonderkommission einrichten. Dazu brauche ich mindestens zehn zusätzliche Leute aus anderen Kommissariaten. Wir müssen die gesamte Tanztruppe durchleuchten.«

»Kriegst du«, nickte der Präsident zustimmend. »Schau dir mal an, was die Zeugenbefragungen ergeben haben.«

Der Einsatzleiter reichte Fiebig einen Zettel.

»Zwei Zeugen, drei Aussagen. Der alte Spruch bewahrheitet sich mal wieder«, kommentierte er seine Auflistung.

Natürlich wusste Fiebig aus leidvoller Erfahrung, dass sich Zeugenaussagen oft widersprachen, weil jeder eine andere Wahrnehmung hatte. Was er hier auf dem Zettel sah, auf dem der Einsatzleiter die gesammelten Täterbeschreibungen aufgelistet hatte, konnte man aber komplett vergessen.

Alle hatten eine schwarz gekleidete Gestalt gesehen. Das war es dann schon an Gemeinsamkeiten. Die Beschreibungen schwankten zwischen groß, klein, dick, dünn, durchdringende Augen, Brille und lange Haare. Dass der Mann eine Kapuze tief ins Gesicht gezogen hatte und man sein Gesicht oder die Haare gar nicht sehen konnte, hatte ein Einziger beschrieben, und den Bart hatte überhaupt keiner erwähnt.

Fiebig zerknüllte den Zettel.

»Vielleicht bringt uns ein DNA-Fund im Bart etwas«, sagte er und verabschiedete sich damit. Er müsse ins Präsidium, um ein Konzept für die nächsten Ermittlungsschritte vorzubereiten.

Zu dieser Zeit war der unbekannte Angreifer gerade zu Hause angekommen. Seine Kutte hatte er zuvor in einen Mülleimer gestopft, der vor dem Seniorenheim neben dem Opernhaus stand. Wo sein Bart abgeblieben war, hatte er nicht bemerkt. Das war ihm aber auch egal. War sowieso nur aus billigem Hanf gebastelt.

Ganz ruhig war er bis zum Alten Markt weitergegangen, dort in die Schwebebahn gestiegen und bis zur Endhaltestelle in Oberbarmen gefahren. Von dort ging es mit dem Bus weiter bis zur Ehrenberger Straße, und dann stieg er zu Fuß den Ehrenberg hinauf. Dort oben, weit ab von den Wohnhäusern Langerfelds, hatte er bei einem Landwirt eine kleine Behausung gemietet. Anders konnte man die zwei über dem Stall liegenden Zimmer nicht benennen. Sie waren nur mit dem Nötigsten ausgestattet.

Er warf sich erschöpft in einen abgewetzten Sessel und versuchte nachzudenken.

So richtig zufrieden war er mit seiner Aktion nicht. Er war sich nicht sicher, ob die Leute seine Botschaft verstanden und begriffen hatten, wofür er sie bestrafte.

Er setzte sich an seine alte Reiseschreibmaschine und schrieb einen Brief. Einen Computer besaß er nicht.

›Sehr geehrte Damen und Herren‹, begann er und bemühte sich, auch weiterhin höflich zu bleiben und keine beleidigen Worte zu benutzen. Auf dem Flohmarkt hatte er mal ein Wörterbuch gefunden. »Sag es treffender«, hieß es. Daraus suchte er sich vornehm klingende Worte heraus, die seine einfache Sprache verschleiern sollten. Seine mangelnde Schulbildung war ihm sonst im Alltag kein Hindernis, denn dumm war er ja nicht.

So formulierte er also mühsam etwas von einem »dekadenten Tanztheater«, aus dem schon in den 70er-Jahren die Leute türenknallend das Schauspielhaus verlassen hätten. Das sei nur etwas für das Bildungsbürgertum. Das Volk lechze nach anderem, nach wahrer Volkskunst, nach bodenständiger Musik und Volkstheater. In der Stadt gäbe es Interpreten, die dieser Kunst frönten; aber über die würde in der Zeitung nicht geschrieben. Stattdessen über irgendwelche Jüngelchen, die bei »The Voice of Germany« englisches Zeug trällerten, das kein Mensch verstand.

Er musste lange seinen alten Zeitungsstapel durchsuchen, bis er einen Bericht fand, in dem »The Voice of Germany« stand. Auswendig hätte er es nicht schreiben können.

Er schloss mit der Drohung, weitere Aktionen zu starten, wenn sich nicht sofort etwas ändere.

Den Brief adressierte er an die Tageszeitung und schickte an Radio Wuppertal einen gleichlautenden hinterher, in dem er sich über die Musikauswahl beschwerte. Beide Briefe unterschrieb er mit »Simon Werner«. Der Name gefiel ihm. Außerdem müssten die Zeitungsleute dann auch merken, dass er sie schon mehrfach gewarnt hatte, und ihn endlich mal ernst nehmen. Als Adresse nannte er diesmal die Flexstraße mit der Hausnummer 375. Ob es die wirklich gab, war ihm keinen Gedanken wert.

Dem Radiosender hatte er schon einmal einen Brief übersandt, in dem er sich für den Bürgerfunk bewarb. Dabei hatte er sich mit seinem richtigen Namen benannt. Er wollte eine Sendung ausschließlich mit deutschen Schlagern machen.

»Unser Musikprogramm richtet sich nach dem Mainstream«, hatte ihm ein Mensch namens Jens Müller geantwortet. Wenn er Schlager hören wolle, könne er sich auf der Webseite des Senders bedienen, da gäbe es einen speziellen Stream für Schlagermusik mit Wolle Petry, Roland Kaiser und all den anderen, die seinen Geschmack bedienen würden.

Die englischen Worte bereiteten ihm Schwierigkeiten. Und überhaupt fand er es unverschämt, so abgekanzelt zu werden. Diesen Jens Müller setzte er auf die Liste der Leute, die er noch bestrafen wollte.

Bis er alles so formuliert hatte, wie es ihm richtig erschien, war es Mitternacht geworden. Dass seine Verkleidung vor dem Opernhaus nicht mit seiner Wortwahl zusammenpasste, kam ihm nicht in den Sinn.

Jetzt schaltete er erst einmal Radio Wuppertal ein. Er wollte hören, was über seine nächtliche Aktion gemeldet wurde.

Jens Müller moderierte die Nachtsendung. Der Mann horchte auf. Den Namen hatte er gerade erst notiert. Als der Kommentar, den dieser Jens Müller in den Äther schickte, bis in seine noch in Hochgefühlen schwelgenden Gehirnwindungen gedrungen war, zuckte er zusammen.

Was schwafelte der denn da? Was erzählte der denn da von einem geistesgestörten Menschen, den man möglichst schnell fassen sollte, um ihn wegzusperren?

Der Mann konnte nicht mehr folgen. In seinem Kopf brauste ein dunkler Sturm. Er warf die Bierflasche, die er gerade geöffnet hatte, gegen das Radiogerät, schrie laut auf, bevor er sich klagend den schmerzenden Kopf hielt.

»Das büßt ihr alle«, flüsterte er vor sich hin.

12. KAPITEL

Fiebig war felsenfest davon überzeugt, dass es im oder im Umfeld des Tanztheaters etwas gegeben haben musste, was die Taten ausgelöst hatte. Jedes Ensemblemitglied, jeden Bühnenarbeiter und alle aus der Verwaltung bis hin zum Geschäftsführer wollte er vernehmen lassen.

Der Polizeipräsident unterstützte ihn bei diesem Vorhaben, gab ihm Beamte aus anderen Kommissariaten zur Seite, die seine eigene Mannschaft verstärkten.

Nach und nach erschien ein buntes Gemisch aus aller Herren Länder im Präsidium und wurde mehr oder weniger einfühlsam befragt oder bedrängt, je nachdem. DNA-Vergleichsproben wurden genommen; und da nicht alle damit einverstanden waren, mussten richterliche Beschlüsse eingeholt werden. Das wiederum brachte Fiebig zur Verzweiflung, denn im Gegensatz zum Polizeipräsidenten war der Ermittlungsrichter nicht von seiner These überzeugt, ein möglicher Täter sei im Umfeld des Tanztheaters zu finden. Es kam zum Streit. Argumente und Gegenargumente wanderten lautstark durch die Telefonleitung und trieben Fiebigs

Blutdruck in die Höhe. Noch unverträglicher als sonst wurde er. Seinen Ärger ließ er an seinen Mitarbeitern aus, was diese wiederum demotivierte.

Laura flüchtete in Elkes Büro und arbeitete dort. Ihr war die Aufgabe zugefallen, die Vernehmungen zu werten und Fiebig den jeweiligen Stand mitzuteilen, während Elke für den Fahrdienst eingeteilt wurde. Sie sollte die Mitglieder des Tanztheaters zu Hause oder von den Proben abholen, sie ins Präsidium und dort zu den einzelnen Vernehmungsräumen bringen.

Tagelang zog sich das jetzt schon hin, ohne dass auch nur der Ansatz irgendeines Motivs erkennbar wurde.

Lars dagegen hatte beschlossen, eigene Ermittlungen anzustellen und seinem Verdacht zu folgen. Er hatte sich nicht krankschreiben lassen. Er war der Überzeugung, dass der unbekannte Angreifer vor dem Opernhaus mit seiner Verkleidung und den »Allahu Akbar«-Rufen von seiner wahren Identität ablenken wollte. Das innovative Tanztheater war ihm als Kunstform zuwider. Das war eindeutig seinem übrigen Geschrei zu entnehmen. Also konnte das Motiv nicht aus dem Inneren des Theaters her abgeleitet werden, sondern aus Frust und Hass dem Kunstbetrieb gegenüber.

Je länger Lars darüber nachdachte, umso mehr kam er zu der Überzeugung, dass alles zu den Drohbriefen passte, die den Ordner in der Redaktion füllten.

Er sortierte sie noch einmal neu, verglich Worte und Wortwendungen und kam zu dem Schluss, dass mindestens acht Briefe aus dem letzten Jahr vom gleichen Absender stammen mussten. Zwar waren alle Briefe mit anderen Namen unterschrieben, aber alle angegebenen Adressen lagen im Stadtteil Langerfeld. Also kam der Unbekannte wahrscheinlich von dort, lebte dort oder kannte sich zumindest dort aus.

Lars überredete Laura, die Namen und Adressen im polizeilichen Datennetz zu überprüfen. Sie tat es mit Bauchschmerzen und musste zudem Elke einweihen, denn sie selbst hatte keinen Zugriff auf die Datensammlung.

Das Ergebnis war vorhersehbar. Zwar existierten Namen, wie sie unter den Briefen standen, waren aber offensichtlich willkürlich gewählt. Jedenfalls stimmten sie nie mit den genannten Adressen überein und die Hausnummern gab es in den meisten Fällen auch nicht.

Lars beschloss trotzdem, die Adressen aufzusuchen, denn irgendeinen Bezug musste der unbekannte Briefeschreiber ja dazu haben. Und Elke witterte die Chance, Fiebig endlich einmal zu zeigen, dass er nicht der Allwissende und der Alleskönner war, als der er gerne gesehen wurde.

Auch sie glaubte einen guten Ermittlungsansatz in Lars' Theorie zu sehen. Da sie sowieso den ganzen Tag kreuz und quer durch die Stadt fahren musste, konnte sie genauso gut Lars durch die Gegend fahren, ohne dass Fiebig das merkte.

Zuerst war sie ja beleidigt gewesen, als Fiebig ihr nur den Taxijob andiente. Im Laufe des ersten Tages wurde ihr aber klar, dass Fiebig doch ein alter Fuchs war. Auf ihren Fahrten mit den Tänzern, vor allem mit den Tänzerinnen, erfuhr sie wahrscheinlich mehr über das Innenleben des Tanztheaters, als alle Vernehmungen zusammen ergaben.

Alle erzählten von Probenstress, von Ärger, Knatsch und auch die eine oder andere Missgunst. Über allem aber schwärmten sie von dem Zusammenhalt des Ensembles, von Freundschaften, von tollen Erlebnissen während ihrer Weltreisen und von dem positiven Zuspruch ihrer Zuschauer und auch der Presse. Auch das Wuppertaler Publikum sei toll. Viele seien darunter, die seit Jahrzehnten kämen, inzwischen sogar mit ihren erwachsenen Kindern. Überdies schien das junge Publikum das Tanztheater für sich neu entdeckt zu haben. Alle seien begeistert.

»Überhaupt keine Kritik, wie sie in den Anfangsjahren der Compagnie üblich war?«, fragte Elke.

»Natürlich auch«, antwortete Sofia, eine Griechin, mit der Elke gerade Richtung Präsidium unterwegs war. Die Geschäftsleitung habe erzählt, dass vor allem in letzter Zeit böse Briefe eingegangen seien, sogar Drohungen.

Spätestens da horchte Elke auf. Bisher hatte sie nur dem Klang der Stimme gelauscht, der von dieser entzückenden Frau ausging. Elke behielt die Information im Hinterkopf, konzentrierte sich aber vorerst auf anderes. Noch bevor sie den klotzigen Bau des Präsidiums erreichten, war ein privates Date mit Sofia verabredet und beide verabschiedeten sich lächelnd mit Wangenküsschen.

Damit war für heute Elkes Tagwerk beendet und sie machte sich auf für eine letzte Fahrt mit Lars.

»In der Fleute 130« war eine der Adressen, die der Briefeschreiber mit Simon Werner unterschrieben hatte. Sie wusste, dass dort nur ein Papiergroßhandel ansässig war; aber Lars wollte nichts unversucht lassen. Leider ohne Erfolg. Einen Simon Werner kannte niemand.

»Vielleicht dahinten in dem Schuppen. Der gehört nicht zu uns«, sagte die freundliche Dame am Empfang. Sie zeigte in Richtung des hinteren Geländes. Unter der Brücke der A 1 sah Lars ein Abbruchhaus. Zu Zeiten, als es die Autobahnbrücke noch nicht gab und hier Menschen im Grünen wohnten, war das vielleicht mal eines dieser schmucken Bergischen Häuschen gewesen, verschiefert, mit grünen Fensterläden. Jetzt war das ganze Areal Industriegebiet, Menschen kamen nur noch zum Arbeiten nach hier, und dem Häuschen blieb nur eine verblasste Erinnerung alter Zeiten, zusammengehalten von wucherndem Efeu.

Irgendwelche Leute mit Motorrädern sollten dort ab und zu auftauchen, hatte die Frau gesagt.

Zu sehen war niemand. Während Elke bereits zum Wagen zurückging, sich eine Zigarette ansteckte, schlenderte Lars zu dem Gebäude hinüber, umrundete es neugierig.

Es schien nicht bewohnt. Durch ein Fenster erblickte er einen Raum, der fast wie eine Bar eingerichtet war.

An der Tür daneben befand sich kein Hinweis. Er rüttelte an der Klinke. Plötzlich schepperte im Inneren ein Schlüssel, die Tür wurde aufgestoßen und Lars sah sich zwei Gestalten gegenüber, die ihn ein paar Schritte rückwärts stolpern ließen.

Lederwesten, muskulöse tätowierte Oberarme und lange, zum Pferdeschwanz gebundene Haare. Als sie Lars' kurzen Zopf sahen, seine erschrocken aufgerissenen Augen, grinsten sie mit nikotingelben Zähnen.

»Guck dir das gelackte Jüngelchen an«, sagte der Größere zu seinem Kumpel, »schnüffelt hier rum, oder wolltest du einbrechen, oder wat?«

Lars wusste nicht, was er sagen sollte. Hilflos schaute er sich nach Elke um. Die stand aber auf der anderen Seite des Hauses, rauchte und schaute ungeduldig auf ihre Uhr. Sie war mit der Tänzerin Sofia verabredet. Schließlich schnippte sie ihre Zigarette weg und schlenderte auf das Gebäude zu.

»Wo bleibst du?«, rief sie.

Ein lautes Stöhnen antwortete ihr. Schnellen Schrittes bog sie um die Ecke und erstarrte vor Schreck. Einer der Männer hielt Lars im Schwitzkasten. Der andere ohrfeigte ununterbrochen sein schon rotes Gesicht.

»Ey, lasst ihn sofort los!«

Die beiden Männer schauten erstaunt zu der schlanken Frau mit den kurzen blonden Haaren hinüber.

Der Schläger richtete sich auf.

»Verpiss dich!«, rief er seinerseits und machte mit erhobenem Arm einen Schritt auf Elke zu.

Viel weiter kam er nicht, denn Elke stand mit wenigen schnellen Sätzen schon vor ihm. Eine kurze Körperdrehung, fast ein Tanzschritt, eine flache Hand, die mit harter Kante gegen seine Leber schlug, mehr nahm er nicht wahr. Lautlos klappte er zusammen und fiel auf den steinigen Boden. Zwei weitere Schritte und ein Bein schnellte in die Höhe. Elkes Stiefel traf den anderen Mann zielgenau dort, wo es Männern besonders wehtat. Mit einem spitzen Schrei ließ er Lars los und krümmte sich vor Schmerz.

Lars massierte seinen geschundenen Hals, während der am Boden Liegende stöhnend wieder hochkam.

»So, Männer«, gurrte Elke, »wenn ihr wieder Luft habt, können wir vielleicht mal anständig miteinander reden.«

»Meine Fresse, was bist du denn für eine Kampfmaschine?«, stöhnte der Getretene.

»Was ist das hier?«, fragte Lars krächzend. Sein Hals schmerzte, sein verbundener Oberarm mit der Stichverletzung pochte. Er war wütend und gleichzeitig froh, dass er Elke an seiner Seite wusste. Sie saßen im Raum mit der Bar und nuckelten an Dosen mit bitterem Bier.

Die breitschultrigen Männer standen hinter der Theke.

Nachdem Elke sich als Polizistin ausgewiesen hatte, entschuldigten sie sich höflich. Sie hätten keinen Zoff gewollt, aber in letzter Zeit sei es immer wieder vorgekommen, dass Jugendliche in ihrer Hütte einbrechen wollten.

Das hier sei seit kurzem ihr Chapter. Den Schuppen nebenan benötigten sie als Garage für ihre Motorräder. Ob sie zu den Hells Angels oder den Banditos gehörten, wollten sie nicht eindeutig beantworten. Einen Werner Simon würden sie nicht kennen.

»Oder hieß der Werner oder Simon?«, fragte der Kleinere seinen Kumpel.

»Keine Ahnung«, antwortete der. »Für mich hieß der nur Spasti.«

»Von wem sprecht ihr?«, wollte Elke wissen.

Als sie hier den ganzen Schutt aus der Hütte entsorgt hätten, sei letzte Woche ein Typ aufgetaucht, der sich anbot zu helfen.

»Wollte 'nen Hunderter dafür haben«, erklärte der Große. »Haben wir gerne gegeben. Dafür hat der die ganze Drecksarbeit gemacht. War 'nen paar Tage hier. Der humpelte, zog immer so ein Bein nach, Spasti eben.«

»Das war so 'n kleiner Dicker mit Igelhaarschnitt«, ergänzte der andere.

Mehr wussten die beiden nicht zu erzählen.

Lars und Elke stellten ihre noch fast vollen Bierdosen auf die Theke und verabschiedeten sich.

Das war wohl kaum der Mann, den sie suchten.

13. KAPITEL

Nach nervenzehrenden langen Tagen waren sie mit den meisten Vernehmungen durch. Die geliehenen Kollegen wurden wieder abgezogen. Im Kommissariat kehrten Ruhe und Alltagsroutine ein, außer bei Fiebig und Laura. Auch Elke musste sich wieder ihren eigenen Vorgängen widmen. Sie tat es mit Unlust, denn Lars und Lauras Aktionen schienen ihr spannender als ihre täglichen Todesermittlungssachen, die sich in den meisten Fällen doch als natürlicher Tod herausstellten.

»Sehen Sie jetzt irgendeinen neuen Ermittlungsansatz?«, hatte Laura Fiebig mit einer Stimme gefragt, in der der unausgesprochene Satz mitschwang: »Habe ich doch schon vorher gewusst.«

»Mal sehen«, knurrte Fiebig nur.

»Lars hat sich in Langerfeld mal an den verschiedenen Adressen umgehört, die in den Drohbriefen seiner Redaktion verzeichnet waren.«

Fiebig tat so, als ob er gar nicht zuhören würde.

»Er hat einen Hinweis auf einen namenlosen Typen erhalten, der humpelte.«

»Habe ich dir nicht untersagt, mit der Presse zu sprechen?«

Wütend haute Fiebig auf die Schreibtischplatte.

»Ich spreche nicht mit der Presse«, antwortete Laura ebenso aggressiv. »Die Presse spricht mit *mir*. *Sie* haben sich ja verweigert.«

Beide sahen sich sekundenlang stumm an. Laura senkte als Erste den Blick.

»Solange wir nichts anderes haben, könnten wir doch wenigstens mal in die Handyfilme schauen, die wir vom Angriff am Opernhaus haben. Kleiner, dicklicher Mann, der humpelt, ist doch besser als überhaupt nichts.«

Sie sagte es leise, fast entschuldigend.

»Pff, die Filme habe ich mir schon lange angeschaut.«

»Und?«, ermunterte Laura den maulfaulen Fiebig.

»Nichts und. Klein kommt vielleicht hin. Ansonsten ist der Vermummte nur von hinten zu sehen und humpelt definitiv nicht.«

»Was machen wir denn jetzt?« Laura konnte sich nicht vorstellen, dass die Ermittlungen so im Sande verlaufen sollten.

»Tun sie ja nicht«, sagte Fiebig. »Wir konzentrieren uns jetzt auf die forensischen Spuren.«

»Haben wir denn da was?«

Fiebig wurde wieder gesprächiger.

»Die Substanz unter dem Fingernagel der toten Tänzerin ist eindeutig Gips und zwar ganz feiner, so wie er von Bastlern und Künstlern benutzt wird, sagt die

KTU. Und DNA haben sie daraus auch extrahiert. Die gleiche DNA übrigens, die an dem falschen Bart des Attentäters gesichert werden konnte. Wir können also davon ausgehen, dass er auch unser unbekannter Mörder ist.«

»Das sagen Sie jetzt erst?«

Fiebig blieb ruhig. Er selbst habe es erst vorhin erfahren, erklärte er. Und auch die Gerichtsmedizin habe sich gemeldet. Im Labor der Uni habe man das Gift als Schlangengift identifiziert, und zwar das der Schwarzen Mamba.

Laura schaute ungläubig.

»Die sind wohl auf Schlangengifte spezialisiert, warum auch immer«, meinte Fiebig und wurde gleich darauf von Laura unsanft zur Seite geschoben.

Ihre Finger huschten über die Tasten seines Computers, dann drehte sie ihm den Bildschirm zu.

»Da, bei uns im Zoo gibt es auch so eine Mamba.«

Fiebig klopfte ihr anerkennend auf die Schulter.

»Dann schauen wir uns das Vieh doch mal an. Vielleicht inspiriert es uns.«

Entgegen sonstiger Gepflogenheiten hatte es sich im Präsidium noch nicht herumgesprochen, dass Fiebig keinen Führerschein mehr besaß. Laura wunderte sich daher, schon wieder den Dienstwagen fahren zu dürfen, hinterfragte es aber nicht.

Die Frau an der Zookasse verstand Fiebigs Witz ebenso wenig wie Laura. Er wolle sich nur eine Schlange angucken und deshalb heute keinen Eintritt zahlen, grinste er verschmitzt. Laura schüttelte verständnislos ihren Kopf.

»14,50«, sagte die Frau mit unbeweglichem Gesicht.

Fiebig hielt ihr seinen Dienstausweis hin.

»Ermäßigung nur mit einem Abo-Ticket der Stadtwerke«, kam prompt die Antwort.

Noch länger wollte Laura nicht zusehen, wie Fiebig sich zum Affen machte.

»Staatsanwaltschaft«, sagte sie, »melden Sie uns bitte bei der Direktion an.«

Die Frau tippte eine kurze Nummer ins Telefon ein, und Laura hoffte, dass es nicht der Notruf der Polizei war.

War es Gott sei Dank nicht. Der Direktor befand sich allerdings nicht im Haus. Dafür holte sie der Zootierarzt an der Pforte ab.

Fiebig erklärte ihr Anliegen, und bevor sie losgingen, wandte Fiebig sich noch einmal dem Kassenhäuschen zu.

»Das war nur ein Scherz.«

»Ja, klar.« Die Frau guckte böse und wischte mit ihrer Hand vor der Stirn hin und her.

Auf dem Weg zu den Reptilien, vorbei an der Großbaustelle für das neue Areal der Aras und Flamingos, den Seehunden, Eisbären und Pinguinen, erzählte der Arzt, dass es offensichtlich einen regen Handel mit geschmuggelten Schlangen gäbe. Erst vor kurzem sei auf dem Flughafen in Wien ein Mann festgenommen worden, der 80 Reptilien in seinem Gepäck versteckt hatte. Darunter sei auch eine Schwarze Mamba gewesen. Der Mann, ein Tscheche, sei über Madrid aus Südafrika angereist.

»Hoffentlich nicht zu uns«, unterbrach Fiebig die Ausführungen des Arztes.

»Sollte ein Witz sein«, fügte er grinsend an, weil Laura ihn schon wieder streng ansah. Sie lernte immer mehr Facetten ihres Chefs kennen. Der Arzt fand das auch nicht lustig. Er wandte ein, dass es durchaus ein ernstes Problem sei, wenn sich Amateure privat Reptilien halten würden.

Im Übrigen sei die Schwarze Mamba gar nicht schwarz, heiße aber so, weil das Innere ihres Mauls schwarz erscheine.

Im Reptilienhaus umfing sie schwüle, feuchte Luft. Im vorderen Teil des Gebäudes befanden sich die Aquarien mit farbenprächtigen Fischen, nach einem Durchgang dann die Reptilien.

Der Zooarzt blieb vor einem Terrarium stehen.

»Schwarze Mamba, Dendroaspis polylepsis, Namibia«, stand auf einem Schild unter der Glasscheibe.

Fiebig schaute angestrengt hinein, um sie irgendwo zwischen den Ästen und Blättern zu entdecken.

»Ich dachte, die sei größer«, murmelte er.

Der Arzt lachte verhalten.

»Unsere ist ein eher kleines Exemplar, nur zwei Meter lang. Ihr Terrarium ist leer. Wir haben das Biest vorläufig ausquartiert.«

»Wieso?«, fragten Laura und Fiebig gleichzeitig.

»In letzter Zeit hatten wir hier viele Führungen für Schulklassen. Der Mamba wurde das wahrscheinlich zu hektisch. Sie wurde immer nervöser und aggressiver.«

Er schloss eine schmale Tür auf. Sie passte sich der imitierten Optik der ganzen Halle an, die an ein Urwaldszenarium erinnern sollte. Hinter den Terrarien führte die Tür in einen Arbeitsraum. Allerhand Gerätschaften standen herum, ein Arbeitstisch, ein Kühlschrank und weitere kleinere Terrarien in einem Regal.

»Pausenraum der Tierpfleger?« Fiebig zeigte auf den Kühlschrank.

»Nee, darin sind tiefgefrorene Ratten und Mäuse und anderes Tierfutter.«

Laura schüttelte es.

Der Arzt wies auf einen Glaskasten im oberen Regalfach. »Die Mamba.«

»Sieht doch ganz friedlich aus«, meinte Fiebig, als er hochschaute und die zusammengerollte Schlange betrachtete, die offensichtlich schlief.

»Das täuscht«, erklärte der Tierarzt. »Alle Mambas sind giftig, doch die Schwarze Mamba ist am giftigsten. Da sie zugleich die größte der Mambas ist, sich blitzschnell bewegen kann und außerdem recht aggressiv ist, gilt sie als gefährlichste Schlange der Welt. Mit einem einzigen Biss kann sie einem Erwachsenen eine zehnfach tödliche Dosis ihres Giftes verpassen. Und sie beißt nicht nur einmal. Blitzschnell schlägt sie bis zu zwölfmal zu. Will jemand eine Schwarze Mamba halten, muss unbedingt das Gegengift schnell erreichbar sein, sonst kann im Falle eines Bisses der Tod innerhalb von 20 Minuten eintreten.«

»Halten Sie denn ein solches Antiserum vor?«, fragte Laura.

»Ja, dazu sind wir ja verpflichtet. Wir haben aber nur eine Ampulle. Obwohl jedes Jahr 100.000 Menschen an Schlangenbissen sterben, gibt es nicht genug Gegengift. Eine lebensrettende Dosis kann zwischen 400 bis 1.000 Dollar kosten.«

Er erklärte weiter, dass die französische Firma Sanofi 2010 die Produktion seines Allroundserums FAV-Afrique eingestellt habe. Für den Pharmariesen mit Milliarden-Umsätzen habe sich die Herstellung nicht mehr gelohnt. Die normale afrikanische Bevölkerung könne das nicht bezahlen. Die letzten Vorräte seien mittlerweile weltweit aufgebraucht.

»Im Notfall kann vielleicht die Uniklinik Düsseldorf aushelfen. Die forschen auf diesem Gebiet«, schloss er seine Ausführungen.

Nun schauten alle respektvoll zu der Schlange auf, die kein Wässerchen zu trüben schien.

»Warum wollen Sie das eigentlich alles wissen?«, wollte der Arzt von Fiebig hören.

Der murmelte etwas von Mordanschlag mit Schlangengift und wollte seinerseits wissen, ob man der Schlange das Gift irgendwie abzapfen könne.

»Sicher«, sagte der Arzt. »Dieses Exemplar hier traut sich aber kaum jemand von uns anzufassen. Wenn unser Tierpfleger hier wäre, könnte er Ihnen sicherlich einiges mehr erzählen. Er ist von uns der Einzige, der die Mamba in die Hand nimmt. Ist ein komischer Vogel, aber der hat echt Ahnung von Schlangen.«

»Hat er heute frei?«

Laura fiel immer noch eine Frage mehr ein als Fiebig.

»Nee«, meinte der Arzt. Der Pfleger sei schon einige Tage krank. Überdies hätte der nur eine befristete Aushilfsstelle und käme sowieso nur stundenweise.

»Wer füttert das Biest denn jetzt?«

»Schwarze Mambas müssen nur alle zehn Tage gefüttert werden. Das ist also kein Problem.«

Bevor sie sich verabschiedeten, wollte Laura noch wissen, wie er das vorhin mit dem »komischen Vogel« gemeint hatte.

»Das kann Ihnen die Dame vorne im Büro erzählen. Ich muss jetzt zu den Elefanten.«

Die Dame hieß Irene Schneider. Sie freute sich über den Besuch, brühte frischen Kaffee auf und erklärte bereitwillig, was der Arzt mit »komischer Vogel« gemeint habe.

Der »Schlangenbeschwörer«, so sagte sie es mit einem Lachen, nenne sich Alexander. Ob er wirklich so heiße, wisse niemand. Da er hier nur aushilfsweise arbeite, bezahle man ihn stundenweise in bar, und man habe es auch hingenommen, dass er seine Personalien und seine Adresse nicht preisgeben wollte.

»Das ist ja mehr als merkwürdig«, sagte Fiebig. »Was steckt denn dahinter?«

Frau Schneider erzählte von einer traurigen Geschichte, die Alexander hier vorgetragen habe. Die habe aber glaubwürdig geklungen, und deshalb habe man das auch akzeptiert. Vor allem, weil der Alexander wirklich Schlangenexperte zu sein schien und im Zoo dringend so jemand gebraucht wurde.

»Was denn nun?«

Fiebig zeigte sich ungeduldig.

»Der Alexander muss eine fürchterliche Frau haben. Die hat ihn geschlagen und sein Konto abgeräumt. Vor der ist er geflohen. Sie hat ihn aber verfolgt, regelrecht gestalkt, bis er endgültig untergetaucht ist. Niemand kennt seine neue Adresse, und seinen richtigen Namen nennt er auch niemandem, damit sie ihn nicht mehr ausfindig machen kann.«

Fiebig und Laura sahen sich stumm an. Diese Geschichte glaubten sie nicht, da waren sie sich einmal einig.

»Der Alexander ist wirklich ein lieber Kerl, vielleicht ein wenig komisch, ja, aber ich glaube ihm«, sagte Frau Schneider, der nicht entgangen war, dass ihre Geschichte auf Unglauben stieß.

»Oft hat er hier bei mir gesessen und mir sein schwieriges Leben unter Tränen erzählt«, fügte sie noch an, »und schön singen konnte der auch, herzerweichend.«

Die beiden bedankten sich für den Kaffee. Draußen

sagte Fiebig, dass sie sich diesen komischen Vogel doch einmal näher anschauen sollten.

»Und wo sollen wir ihn suchen?«

»Irgendwann wird er ja hier mal wieder auftauchen«, knurrte Fiebig.

14. KAPITEL

Der Brief des Unbekannten wurde in der Redaktionskonferenz von Radio Wuppertal vorgelesen und diskutiert. Dass der Name Simon Werner und die Adresse falsch waren, darüber waren sich alle einig. Dass dieser Brief als Bekennerschreiben zum Anschlag vor dem Opernhaus galt, ebenso. Ob er aber echt war oder es sich bei dem Schreiber um einen Trittbrettfahrer handelte, darüber wurde gestritten. Noch heftiger darüber, was denn mit diesem Brief geschehen sollte und wie zu reagieren sei.

Von »Veröffentlichen!« bis »Ignorieren!« waren alle Meinungen vertreten.

»Wir leiten ihn an die Polizei weiter«, beschloss schließlich der Chefredakteur.

»Wir könnten aber auch …«, Jens Müller dachte laut nach. »Wir könnten aus dem Ganzen aber auch eine spannende Sendung machen.«

Am Sonntag sei er für die Tagesmoderation zuständig, breitete er seinen Plan aus. Er habe sowieso vorgehabt, Lars Lombardi von der Tageszeitung einzuladen. Der sei zum einen der neue Lokalreporter für alle polizeilichen Themen, zum anderen aber auch Augenzeuge und Betroffener des Attentats. Mit seinen Erzählungen könnte man eine ganze Sendung füllen.

Der Chefredakteur wiegte seinen Kopf. Währenddessen blieb es still. Seine Gedankengänge wagte niemand zu stören.

»Gut«, räusperte er sich schließlich. »So machst du es, und als Aufhänger gestaltest du am Vormittag eine reine Schlagersendung. Dazu wäre es gut, diesen Schlagerfuzzi einzuladen, der neuerdings überall auftritt, Peter A. Sänger oder wie der heißt.«

Dafür hatte der Rest der Mannschaft kein Verständnis. Das passe doch gar nicht in das übliche Musikprogramm des Senders, wandten sie ein. Einige lachten sogar. Der Chef aber meinte es ernst.

»Bei aller Boshaftigkeit und Dreistigkeit dieses Briefes hat der Schreiber mit einem recht. Es gibt einen Bedarf an volkstümlicher Schlagermusik.«

Dieser Meinung verwehrten sich die meisten der Kollegen, auch Jens Müller.

Dem Chefredakteur gefiel sein eigener Vorschlag aber immer besser. Er erinnerte an den Brief, in dem sich jemand für den Bürgerfunk beworben hatte, um dort Schlager zu präsentieren. Es habe in der Vergangenheit mehrfach ähnliche Anfragen gegeben. Dem komme man jetzt einmal ausnahmsweise nach.

»Mal sehen, wie das ankommt«, schmunzelte er. »Auf jeden Fall bringt uns das zusätzliche Aufmerksamkeit. Ich schlage vor, diesen schlageraffinen Bürger zusammen mit dem Sänger einzuladen. Der tritt doch immer verkleidet auf. Vielleicht kannst du ihm ja, bildlich gesprochen, die Maske herunterreißen und den Hörern als Mann des Volkes präsentieren, und der Fan an seiner Seite könnte das kommentieren. Das wäre doch was.«

Nach Beendigung der Konferenz saß Jens Müller an seinem Schreibtisch und ließ das Ganze sacken.

Irgendwie fand er das Vorhaben einleuchtend und machte sich deshalb direkt an die Umsetzung.

Die hakte bereits nach kurzer Zeit. Nirgendwo, weder bei Facebook noch in anderen sozialen Netzwerken, fand er diesen Peter A. Sänger. Eine eigene Webseite hatte er auch nicht. Das Telefonbuch gab nichts her, und Ratlosigkeit machte sich endgültig in ihm breit, als er die Nummer des Briefeschreibers für den Bürgerfunk anrief und auch dort nur die Auskunft erhielt, dass dieser Anschluss nicht mehr existiere.

Der Mann hatte mit Wolfgang Kuschinski unterschrieben und als Adresse die Schwelmer Straße 105 a angegeben.

Kurzerhand machte Müller sich auf den Weg nach Langerfeld. Haus Nummer 105 fand er ohne Probleme. Eines dieser typischen Bergischen Häuser, die früher mal ansehnlich waren, an denen aber nun der Zahn der Zeit nagte. Das Haus Nummer 105 a suchte Müller zunächst vergeblich. Schließlich ging er zwischen den Häusern durch eine Löv. Der schmale Durchgang führte zu einem Hinterhof. Dort stand ein altes, verfallenes Häuschen. Schmutzige Gardinen hingen in den unteren Fenstern, doch schien es gänzlich unbewohnt zu sein. An der Haustür klebte allerdings ein Schild, auf dem ›Kuschinski‹ stand.

Im Vorderhaus traf er eine freundliche alte Dame an, die auskunftsfreudig war. Das Ehepaar Kuschinski sei schon vor einiger Zeit weggezogen, ein russisches Aussiedlerpaar. Es habe dort oft lautstarken Streit gegeben. Der Mann sei wohl sehr gewalttätig gewesen und habe seine Frau geschlagen. Mehrmals sei die Polizei gerufen worden. Zuletzt vor drei Wochen. Der Mann habe da von der Polizei einen Platzverweis erhalten. Gesehen habe sie ihn seitdem nicht mehr. Kurz darauf sei auch die Frau ausgezogen. Wohin, wisse sie nicht.

Jens Müller bedankte sich artig und zog ratlos von dannen.

Sah so aus, als könne er seine geplante Sendung vergessen. Während der Fahrt durch die wie immer verstopfte Talachse der Stadt fiel ihm ein, dass dieser Sänger doch erst vor kurzem im Brauhaus aufgetreten war. Dort müsste man doch eigentlich wissen, wie der zu erreichen sei.

»Ich habe auch nur eine E-Mail-Adresse«, erklärte der Geschäftsführer. »Versuchen Sie's mal, aber seien Sie höflich.«

Jens Müller versicherte, dass er immer höflich sei. Was dieser Einwand denn solle.

»Das ist ein komischer Mensch, leicht reizbar. Der will partout nicht seine Identität preisgeben und tritt immer mit Maske auf. Anschließend lässt er sich bar bezahlen und verschwindet dann gleich.«

»Verstehe ich nicht«, sagte Müller. »Der braucht doch 'ne Anlage und Musiker, oder etwa nicht?«

»Nee, die Anlage muss der Veranstalter beibringen. Musiker hat der auch nicht. Der schmeißt seine Karaoke-Bänder ein und dann singt er los. Aber eins muss man ihm lassen: Der kann singen und reißt die Leute mit.«

»Na dann«, murmelte Müller, »versuche ich mal mein Glück.«

In der Redaktion setzte er gleich eine höflich formulierte Mail ab und lud Sänger für die Sendung am Sonntagvormittag um 10 Uhr ein. Anschließend telefonierte er mit Lars Lombardi, erklärte kurz sein Vorhaben und lud ihn für den gleichen Tag nachmittags ein.

Von dem Bekennerschreiben sagte er nichts.

Lars erwähnte den Brief, den seine Redaktion erhalten hatte, auch nicht. Sein Chefredakteur hatte ihn beauftragt, den Brief persönlich zur Polizei zu bringen. Außerdem sollte er einen reißerischen Artikel vorbereiten, in dem zum Ausdruck kommen sollte, dass nicht nur die Kultur, sondern die ganze Stadt von einem Irren bedroht würde.

»Oder so ähnlich«, sagte er und haute Lars aufmunternd auf die Schulter. »Sie machen das schon.«

Zum Präsidium fuhr Lars mit der Schwebebahn. Die Station Ohligsmühle lag ja direkt vor seiner Bürotür.

Nach einem Parkplatz vor dem Präsidium zu suchen, wäre ein aussichtsloses Unterfangen gewesen.

Lars traf Fiebig und Laura zusammen an. Ohne Kommentar überreichte er Fiebig den Bekennerbrief. Fiebigs Augen flogen über den Text, dann schnauzte er Lars an.

»Was erlauben Sie sich eigentlich, so ohne Voranmeldung einfach in mein Kommissariat zu kommen?«

»Das ist ja wohl ein wichtiges Beweisstück«, zeigte Lars auf den Brief. »Ich denke, dass er in Ihre Hände gehört.«

»Und wie viele andere Idioten haben den schon angefasst und ihre Fingerabdrücke hinterlassen?«

Fiebig kramte eine Plastiktüte aus der Schublade und schob mit spitzen Fingern den Brief hinein.

»Jetzt sind Ihre auch drauf«, grinste Lars.

»Hauen Sie ab!«, kam prompt die Antwort.

Lars verbeugte sich spöttisch. »Mit Verlaub, Fiebig, Sie sind ein arrogantes Arschloch.«

Das gebrüllte »Raus!« prallte gegen die bereits geschlossene Bürotür.

Laura schmunzelte. »Ich nehme an, solche Komplimente erhalten Sie auch von anderen.«

Fiebig starrte sie böse an. Was er erwidern wollte, blieb ungesagt. Das Telefonklingeln unterbrach seine Gedankengänge.

»Schmitz, Alex 12/16«, klang es aus dem Hörer. »Wir stehen in der Schreinerstraße, haben in Nummer 24 im dritten Stock eine Tür aufgebrochen. Liegt

’ne Leiche in der Wohnung. Schicken Sie jemanden mit starken Nerven.«

Jetzt grinste Fiebig. Eine Frau mit starken Nerven sah er gerade vor sich. Zusammen mit Elke schickte er sie los, sagte ihnen aber nicht, dass die Streifenbeamten ihn vorgewarnt hatten.

Die standen auf der Straße und rauchten. Mehmet stand bei ihnen, ebenfalls rauchend.

»Olga hatte bei mir geputzt«, sagte er.

Elke begrüßte ihn wie einen alten Freund. Mehmet, dichtes schwarzes Haar, in dem das Grau genau wie in seinem Vollbart die Vorherrschaft übernommen hatte, war mit seinem benachbarten Lokal seit Jahrzehnten eine Institution in der Nordstadt. Sein faltiges Gesicht überzog fast immer ein schelmisches Lächeln.

»Wir kommen nachher zu dir«, sagte Elke und wandte sich dann den Kollegen zu.

»Warum steht ihr draußen?«

Kommissar Schmitz reichte ihr wortlos einen Zettel. ›Olga Kuschinski‹, stand da drauf, 3. Etage, allein lebend, noch gemeldet in der Schwelmer Straße 105 a.

»Wir gehen da nicht mehr hoch«, sagte Schmitz, »viel Spaß noch.«

Laura wunderte sich und Elke ahnte, was ihnen bevorstand.

»Versuche nicht, die Luft anzuhalten«, erklärte sie, »atme normal weiter, mit leicht geöffnetem Mund, und wenn du rausmusst, komm nicht wieder rein, denn dann wird es nur noch schlimmer.«

»Ich weiß«, sagte Laura selbstbewusst.

Sie hatte ja bereits eine Leiche einigermaßen überstanden. Was sollte denn jetzt noch schlimmer kommen?

Die Antwort erhielt sie, nachdem die drei Stockwerke im hölzernen Treppenhaus überwunden waren. Der schon vorher bemerkbare Geruch intensivierte sich, und als Elke die nur angelehnte Wohnungstür aufstieß, prallte Laura zurück. Nicht vor der Legion Fliegen, die das Zimmer wie eine dichte schwarze Wolke besetzten, sondern vor dem ekelerregenden Gestank, der sie körperlich traf.

»Mein Gott«, murmelte Elke, »das hatte ich fast erwartet.«

Sie meinte aber nicht den Gestank, schon gar nicht die Fliegen, sondern die Leiche, die rücklings auf dem Boden lag. Dass es eine Frau war, erkannte man auf den ersten Blick nur an der zerfetzten Kleidung.

Der Leib war unförmig aufgegast, die Haut schwarz und grün schimmernd, und am getrockneten Blut, das sich um den Kopf herum gesammelt hatte, taten sich die Fliegen gütlich.

Laura vergaß alles, was Elke ihr gesagt hatte. Sie hielt sich Mund und Nase zu. Eine Hand, um ihre tränenden Augen freizuwischen, hatte sie nicht mehr frei. Fast 20 Sekunden gelang es ihr, den Atem anzuhalten, dann flüchtete sie.

Im Treppenhaus schaffte sie es noch, den Brechreiz zu unterdrücken. Kaum an der frischen Luft, konnte sie es nicht mehr zurückhalten.

»Warte bei Mehmet auf mich«, hatte Elke ihr hinterhergerufen.

Nur kurz schaute sich die Kriminalbeamtin im Zimmer um, ohne etwas anzufassen. Hier hatte offensichtlich ein Kampf stattgefunden. Der Tisch war umgestürzt. Ein Stuhl zertrümmert. Ein abgebrochenes Stuhlbein lag neben der Leiche. Getrocknetes Blut und Hirnmasse klebten an ihm. Wahrscheinlich wurde damit der Schädel zerschmettert.

Elke informierte Fiebig und orderte die Spurensicherung und einen Gerichtsmediziner.

Die eingetretene Wohnungstür zog sie notdürftig zu, klebte ein Siegel darüber und ging auch nach unten.

Auf der Straße kramte sie ihr Diktiergerät hervor und begann, den ersten Teil ihres Berichtes hineinzusprechen:

»Die Schreinerstraße befindet sich in der Elberfelder Nordstadt, umgangssprachlich Ölberg genannt. Haus Nummer 24 erreicht man, von der Marienstraße kommend, linker Hand. Es ist ein dreistöckiges Haus aus der Gründerzeit, in einer gleichartigen Häuserzeile gelegen, die sich die gesamte Straße entlangzieht. Die Fassade im Parterre ist mit großen Blocksteinen aufgemauert, ab der ersten Etage mit gelben Steinen verklinkert und mit Stuck und Ornamenten verziert. Die relativ neuen Fenster sind von Säulen und einem aufgesetzten Dach eingefasst, die einem Tempeleingang nachempfunden sind. Über fünf Stufen erreicht man die hölzerne Haustür. Sie steht offen.

Kriminaloberkommissarin Elke Fassbender und Staatsanwältin Laura Conte werden von zwei Beamten des Schutzbereiches Elberfeld erwartet (PK Schmitz und PM Brandner). Die Beamten berichten, dass sie die Wohnungstür in der dritten Etage bei Olga Kuschinski eingetreten haben, weil ein benachbarter Gastwirt die Frau seit Wochen nicht gesehen hat und aus der Wohnung Verwesungsgeruch drang.«

Hier unterbrach Elke das Diktat. Beim Wort »Verwesungsgeruch« war ihr auf einmal nach einem kräftigenden Schnaps zumute.

Sie ging die paar Schritte zum Nachbarhaus hinüber. In der ansonsten leeren Gaststube saß Laura an dem langen Tisch neben der Theke. Vor ihr stand ein geleertes Glas. Offensichtlich nicht ihr erstes. Mit geröteten Wangen lächelte sie Elke entgegen.

»Sorry, das brauchte ich nach diesem Anblick unbedingt«, sagte sie mit kieksender Stimme.

»Ich auch.«

Mehmet schob Elke die Flasche und ein Glas hinüber.

»Olga hatte bei mir geputzt«, erklärte er noch einmal. »Oft kam sie mit einem Veilchen hier an und erzählte von den Streitereien mit ihrem Mann. Als dann vor drei Wochen nebenan die kleine Wohnung frei wurde, habe ich sie nach dort vermittelt, damit sie endlich von diesem Wolfgang wegkam. Das sind Russlanddeutsche. Die wohnten aber schon lange in Wuppertal, irgendwo in Langerfeld.

Kurz nachdem Olga nebenan eingezogen war, kam sie nicht mehr zum Putzen.«

Mehrmals habe er bei ihr geschellt und auch versucht, sie anzurufen. Seit einigen Tagen stank es so seltsam aus der Wohnung, und schließlich habe er deshalb die Polizei gerufen, beendete er seinen Bericht.

Es dauerte über eine Stunde, bis die Spurensicherung und der Gerichtsmediziner eintrafen.

»Ich wollte auch endlich mal wieder einen anständigen Tatort sehen«, begrüßte Professor Lämke die fröhliche Runde. »Ich komme ja fast kaum noch aus dem Universitätsbetrieb raus.«

Elke ging mit ihrer Mannschaft wieder nach nebenan, bestellte vorher aber noch für Laura eine Taxe, die sie zum Präsidium, nicht nach Hause chauffierte.

Beschwipst und völlig überdreht, warf Laura sich in den Sessel, den Fiebig für Besucher, die tiefer als er sitzen sollten, in der Ecke stehen hatte.

»Fiebig, du alter Sack, da hast du uns ja eine schöne Sauerei beschert«, nuschelte sie.

Fiebig starrte sie mit offenem Mund an. Einen Kommentar konnte er sich ersparen, denn Lauras Kopf sank nach unten, und ein leises Schnarchen entwich ihren geöffneten Lippen.

15. KAPITEL

Nachdem Laura aus ihrem Rausch erwacht war, konnte sie kaum den Kopf heben. Die verdrehte Sitzhaltung im Sessel hatte ihr die Muskeln verspannt. Ein pelziger Geschmack im Mund trieb sie zum Waschbecken. Gierig trank sie vom Leitungswasser. Nur ein schwaches Dämmerlicht füllte den Raum. Sie war alleine. Von Windböen getriebener Herbstregen prasselte gegen die Fensterscheiben. In ihrem Kopf pochte es heftig.

Verschwommen erinnerte sie sich an einen Spruch, der Fiebig sprachlos gemacht hatte. Ihr war, als hätte sie ihn beleidigt, oder war Lars das gewesen?

Sie schüttelte sich wach und wollte ihre Tasche holen, die noch in Elkes Büro stand. Die Tür war unverschlossen. Elke saß an ihrem Schreibtisch und bearbeitete die Tastatur ihres Computers.

»Ausgeschlafen?«, schaute sie kurz auf.

»Will nur meine Tasche holen«, murmelte Laura.

»Vergiss es. Ich habe Arbeit für dich.«

Sie drückte Laura einen Zettel in die Hand.

»Zugangsdaten für unsere Programme. Such alles

zusammen, was du über die Kuschinskis finden kannst.«

Wenig begeistert schlurfte Laura in Fiebigs Büro zurück und fuhr seinen Computer hoch.

Ein Textdokument war noch geöffnet.

›Praxisbericht zur Arbeit der Staatsanwältin Laura Conte im Kriminalkommissariat 11 des PP Wuppertal‹, stand dort zu lesen. Angefordert wurde es vom Leitenden Oberstaatsanwalt, ihrem Chef.

Mit Verwunderung las Laura, dass Fiebig sie als aufgeschlossene, wissbegierige und kompetente Juristin bezeichnete, die sich mit Eifer in die Arbeitsabläufe des KK 11 eingefügt habe. Sie sei eine Bereicherung für Fiebigs Team und allseits beliebt.

»Das könnte er mir ruhig mal selber sagen«, murmelte Laura vor sich hin und staunte wieder einmal über einen Fiebig, den sie immer noch nicht einzuordnen wusste.

Sie schloss das Dokument und klickte sich durch die Suchprogramme der Polizei. Was sie fand, waren Einsatzberichte von Streifenwagenbesatzungen. Mehrmals wurden sie zu der Langerfelder Wohnung der Kuschinskis gerufen. Immer wegen Ruhestörung oder häuslicher Gewalt. Gegen Wolfgang Kuschinski wurden Platzverweise ausgesprochen. Er wurde wegen Körperverletzung von seiner Frau Olga angezeigt. Wenige Tage danach hatte sie jedoch immer wieder ihre Anzeigen zurückgezogen. Kuschinski wurde nie vernommen, nie erkennungsdienstlich behandelt. Es gab kein Foto von ihm, keinen Hinweis darauf, wo er arbeitete oder aktuell wohnte.

»Das habe ich fast befürchtet«, sagte Elke, die ihren Tatortbericht fertig geschrieben hatte.

Eine Frau hatte sie in der Schreinerstraße vor dem Haus angesprochen, in dem Olga Kuschinski ermordet worden war. Die Frau erzählte, dass sie mehrmals einen Mann beobachtet habe, der dort auffällig herumlungerte. Es sei ein kleiner, dicklicher Mann mit einem rötlichen Igelhaarschnitt gewesen. Die Frau hatte den Eindruck, als ob er das Haus beobachtete.

»Und sie sagte, dass er leicht humpelte«, erzählte Elke. »Das erinnert mich an die Beschreibung des Mannes, den die Rocker in Langerfeld als Hilfskraft engagiert hatten. Wenn das auch dieser Wolfgang Kuschinski war, dann muss der doch noch dort irgendwo in der Gegend hausen.«

Wie das herauszufinden sei, wusste auch Laura nicht. Die beiden Frauen brühten sich einen Tee auf, als plötzlich Professor Lämke in der Tür stand.

»Ist der alte Griesgram schon nach Hause gegangen?«

Es war klar, wen er meinte. Alle lachten, Laura aber mit schlechtem Gewissen.

»Ich glaube, wir haben ihn beleidigt«, sagte sie schuldbewusst und erzählte von dem Disput mit Lars und ihrem eigenen Spruch, an den sie sich nicht richtig erinnern könne.

»Recht so«, kommentierte Lämke und erzählte dann seinerseits, warum er hier war.

Er hatte sich viel Zeit für Olgas Leiche genommen. Seinen Pathologen trichterte er auch immer ein, sich vor der Obduktion bereits am Tatort ausgiebig mit der Auffindesituation zu befassen, damit sie ein umfassendes Bild der Gesamtsituation erhielten.

Die Frau sei mit Sicherheit seit zwei Wochen tot, sagte er. Alle Fenster waren geschlossen, die Heizung voll aufgedreht, so dass der Verwesungsprozess beschleunigt wurde. Wenn sie einen genauen Todeszeitpunkt wissen wollten, dann müssten sie den Madendoktor bemühen.

Elke nickte verstehend, doch Laura schaute fragend.

»Mark Benecke«, erklärte Lämke. »Der ist Biologe und hat sich darauf spezialisiert, anhand von Fliegenlarven beziehungsweise dem Stadium ihrer Entwicklung festzulegen, wann der Tod genau eingetreten ist.«

Jedenfalls wurde die Frau mit einem abgebrochenen Stuhlbein erschlagen, berichtete er weiter. Zuvor musste es einen heftigen Kampf gegeben haben. Die Kriminaltechniker hätten Hautfetzen unter den Fingernägeln der Toten sichergestellt. Mit Sicherheit sei der Täter auch verletzt worden. Mindestens müssten sich irgendwo an seinem Körper, vielleicht im Gesicht, Kratzspuren befinden.

»Wir obduzieren morgen um zehn«, schloss er und schaute dabei Laura kritisch an. »Kommen Sie auch?«

»Auf gar keinen Fall«, kam Elke Lauras Antwort zuvor, »das mache ich alleine.«

Das Telefon schellte.

»Wir machen jetzt Feierabend und morgen weiter. Die Wohnung haben wir versiegelt.«

Es war einer der Kriminaltechniker. Er lobte die Streifenwagenbesatzung, die die Tür zur Tatwohnung eingetreten hatte.

»Dadurch haben sie keine Spuren vernichtet, denn die Türscheibe war eingeschlagen. Die Tür war wohl verschlossen gewesen. Der Schlüssel steckte von innen und war blutverschmiert. Der Täter muss sich an der Hand geschnitten, durch die Scheibe gegriffen und den Schlüssel gedreht haben. Wir haben Blut und andere Spuren gesichert. Es wird ausreichen, um daran DNA zu analysieren.«

Kaum war das Gespräch beendet, schellte es erneut.

»Gib mir mal den Stand durch«, schnarrte Fiebigs Stimme. Einen Gruß schickte er nicht voran.

Elke unterrichtete ihn über die bisherigen Erkenntnisse und reichte dann den Hörer an Laura weiter, die heftig winkend danach verlangte.

»Hallo, Herr Fiebig, ich bin's. Haben Sie schon zu Abend gegessen?«

Irritiertes Schweigen, dann ein verhaltener Bass: »Seit wann interessiert Sie mein leibliches Wohlbefinden?«

Laura stutzte. Irgendetwas stimmte an dem Satz nicht. Hatte er tatsächlich »Sie« gesagt? War das die Wandlung vom Griesgram zu einem höflichen Menschen?

»Ich habe Hunger, ich lade Sie in eine Pizzeria ein. Professor Lämke und Elke kommen auch mit.«

Eine Zeit lang wieder nur Schweigen in der Leitung.

»Sie wollten doch meine italienischen Wurzeln ergründen«, sagte Laura. »Die Pizzeria in Cronenberg gehört meinen Eltern.«

»Gut, das liegt ja auf dem Weg zu meiner Wohnung. Holen Sie mich ab?«

»Bis gleich«, jubilierte Laura. »Er hat mich gesiezt«, erklärte sie ihren fragend dreinblickenden Zuhörern.

Fiebig stand bereits vor der Tür, als sie ihn abholten. Er wohnte im Johannistal, wo er im siebten Stock eine Eigentumswohnung besaß. Von dort blickte er über die Uni und weiter bis über die ganze Stadt hinweg. Es war sein Refugium. Einen Kollegen hatte er noch nie in seine Wohnung eingeladen. Während der kurzen Fahrt weiter nach Cronenberg hinauf gab er sich ungewöhnlich schweigsam.

Dort, etwas von der Hauptstraße zurückgesetzt, betraten sie die »Trattoria Conte«. Es empfing sie ein mit italienischem Flair eingerichteter Raum, in dem Signore Conte ihnen einen Tisch neben dem offenen Kamin zuwies, der behagliche Wärme ausstrahlte, genau wie der alte Conte selbst. Ein kleiner, grauhaariger Herr, der seine Tochter umarmte und herzte. Die Mutter kam aus der Küche geeilt und wiederholte das Prozedere.

Gleich darauf servierte Conte die erste Lage Grappa und schlug dann als Antipasto Spaghetti mit frischen Muscheln aus der Adria vor.

»Frische Muscheln aus der Adria, haha!«

Professor Lämke glaubte an einen Scherz. Conte aber erklärte ihm, dass sie gestern erst aus Rocca San Giovanni wiedergekommen seien. Dort sei ihre ursprüngliche Heimat. Die Muscheln hätten sie eigenhändig mitgebracht und auch der Wein, den er jetzt kredenzen werde, stamme aus ihrer Gegend, der Provinz Chieti in den Abruzzen. Ein echter Montepulciano Riserva, 24 Monate im Holzfass gereift.

Fiebig hatte bisher immer noch geschwiegen. Nach dem ersten Schluck nickte er anerkennend.

»Padrone, Sie sind ein wahrer Weinkenner.«

Signore Conte klopfte ihm freundschaftlich auf die Schulter.

Nach dem dritten Glas Wein und einigen Grappas zwischendurch taute Fiebig endlich auf. Mit Lauras Vater war er inzwischen beim »Du«, wogegen er Laura selbst mit einem betonten »Sie« ansprach.

Als Lars auftauchte und sich wie eingeladen mit an den Tisch setzte, reagierte Fiebig gelassen, so als ob nichts zwischen ihnen gewesen wäre.

Laura hatte gerade von ihren Recherchen gesprochen und gesagt, dass Olga Kuschinski in der Marienstraße nicht gemeldet sei, wohl aber unter einer Adresse in Langerfeld.

»Genau deswegen bin ich hier«, sagte Lars. »Ich habe mit Jens Müller von Radio Wuppertal gesprochen. Der wollte Kuschinski zu einer Sendung einladen, fand aber nur ein altes, verlassenes Haus im Hinterhof vor. Eine Nachbarin habe von Streitereien und Polizeieinsätzen erzählt. Die Kuschinskis seien seit Wochen verschwunden.«

»Ja, junger Mann, das wissen wir ja schon alles«, lallte Fiebig. Er tätschelte Lars die Hand.

»Olga haben wir ja immerhin schon gefunden. Jetzt brauchen wir nur noch ein Foto von diesem Kuschinski, damit wir wenigstens wissen, wie er aussieht, wenn wir auch sonst kein erkennungsdienstliches Material von ihm haben. Ob er der Täter ist, wissen wir erst, wenn die Spuren ausgewertet sind oder wenn wir ihn haben.«

Seine letzten Worte vernuschelten sich, und sein Kopf sank nach unten.

»Was ist denn mit dem los?«, fragte Lars kopfschüttelnd.

Laura wies nur auf die Batterie der leeren Grappagläser, die aufgereiht vor ihm standen.

Mit vereinten Kräften hievten sie Fiebig in den Wagen und schoben ihn im Johannistal in seine Wohnung.

Am nächsten Tag gab die Pressestelle der Polizei eine kurze Meldung heraus, in der stand, dass Wolfgang K. dringend als Zeuge gesucht würde, nachdem seine Frau Olga K. tot in einer Wohnung in der Nordstadt aufgefunden worden war.

Die angekündigte Pressekonferenz fiel aus. Fiebig fühlte sich unpässlich, und Elke weigerte sich, statt seiner vor die Presse zu treten.

16. KAPITEL

»Oh, hallo. Ich bin überrascht.«

Jens Müller verschloss die Tür wieder hinter seinem Besucher. Der wortgewandte Radiomoderator lachte verunsichert. Damit hatte er nun wirklich nicht gerechnet.

»Wieso?«, fragte Peter A. Sänger. Er verstand nicht, was an seiner Erscheinung lustig sein sollte. »Das ist meine Aufmachung. So trete ich immer auf. Sie wollen mich doch als Peter A. Sänger interviewen, oder?«

»Ja, sicher, aber …«

Müller fehlten für den Augenblick die Worte.

Vor ihm stand ein etwas dicklicher Mann, deutlich kleiner als er selber, und er trug eine Lockenperücke und eine Maske. Das war nicht wirklich lustig, das war albern.

Beim zweiten Hingucken fand Müller die Maskerade seines Besuchers gar nicht mehr albern, vielmehr irgendwie beängstigend. Aber was sollte er tun?

Was soll's, sagte er sich. Er war Profi genug, um auch mit diesem lächerlichen Hanswurst umzugehen.

»Ich hatte gehofft, Sie würden sich hier in Ihrem ganz normalen Outfit zeigen, damit ich Sie einmal für Ihre Fangemeinde so beschreiben kann, wie Sie privat aussehen.«

»Ich bin Peter A. Sänger. So sehe ich aus und so sollen mich meine Zuhörer wahrnehmen.«

»Wir sind hier beim Radio. Sehen kann Sie sowieso niemand«, sagte Müller konsterniert.

Was für ein Blödmann, dachte er, wollte aber höflich bleiben und wich auf unverfänglichen Small Talk aus: »Wir sind alleine hier. Das gesamte Gebäude ist leer, bis auf unseren Sender im zweiten Stock. Deswegen muss ich immer hier unten abschließen.«

»Wo ist denn die Zeitungsredaktion geblieben und die ganzen anderen Leute, die hier gearbeitet hatten?«

»Die Zeitung ist doch zur Ohligsmühle umgezogen und unsere Redaktion am Wochenende auch nicht im Haus. Wir ziehen demnächst auch aus.«

Die weitere Konversation stockte. Schweigend stiegen sie die Treppen hinauf. Oben betraten sie ein verwaistes Großraumbüro. Müller führte Sänger in den abgeschotteten Glaskasten, der als Studio diente.

Sänger sah mehrere Monitore nebeneinander stehen, davor ein Pult mit Reglern und verschiedenfarbigen Tasten. Jens Müller setzte sich vor das Pult und wies auf einen Hocker an der Theke, auf der Kopfhörer lagen und ein großes Mikrofon installiert war.

»Setzen Sie sich und ziehen einen Kopfhörer auf«,

sagte er, »ich muss jetzt erst mal zur vollen Stunde das Standardprogramm abspulen.«

Er zog sich das schwenkbare Mikrofon vors Gesicht, drückte eine Taste und schaute auf den linken Monitor.

»Es ist 10 Uhr. Wissen, was wichtig ist. Jetzt Radio Wuppertal Nachrichten auf 107.4, mit Jens Müller: Die schweren Verbrechen der letzten Tage beunruhigen die Bevölkerung. Nach wie vor gibt die Polizei aus ermittlungstaktischen Gründen keine Einzelheiten bekannt. Offensichtlich gibt es weder im Fall der toten Tänzerin noch von dem Attentat vor dem Opernhaus verwertbare Spuren. ›Wir ermitteln in alle Richtungen‹, lautet das Statement der Polizei …«

Sänger hörte nicht weiter zu. Er hatte den Kopfhörer abgenommen und beobachtete Müller. Der verlas nun den Wetterbericht und die Infos zum Verkehrszustand.

Dann drückte er eine Taste, und in die ersten Takte eines Songs hinein sagte er: »In wenigen Minuten präsentiere ich Ihnen einen Überraschungsgast. Hier aber erst einmal zur Einstimmung ›Atemlos‹ von Helene Fischer.«

»Ist das Ihre Musik?«, wandte er sich seinem Gast zu, nachdem er das Mikro geschlossen hatte.

»Na ja«, brummelte der und verzog die Mundwinkel.

Mehr war von seinem Gesicht auch nicht zu sehen. Es wurde von einer Halbmaske verdeckt, der Schnabelmaske des Pestarztes. Der langgezogene Schnabel verdeckte einen Großteil der unteren Gesichtshälfte.

Überdies klebte auf seinem Kinn ein großes Pflaster, so dass für Müller von dem Gesicht seines Gastes so gut wie nichts zu erkennen war.

»Was ist das für eine Maske?«, fragte er.

»Das ist die venezianische Pestmaske. Im Mittelalter wollten sich damit Ärzte vor Ansteckung mit der Pest schützen. Gleichzeitig ist sie ein Sinnbild für den Kampf gegen das Übel, gegen das Böse an sich.«

So hatte Sänger es im Internet gelesen. Er fand diesen Satz zutreffend und benutzte ihn immer, wenn er auf diese Maske angesprochen wurde.

»Ich finde sie furchteinflößend«, sagte Müller und zog einen Regler hoch.

»Liebe Hörer, vor mir sitzt der bekannte Schlagerinterpret Peter A. Sänger aus Wuppertal. Obwohl ihn hier niemand sehen kann, trägt er eine Maske und eine fast weiße Lockenperücke. Herr Sänger, warum verkleiden Sie sich so?«

»Niemand braucht zu wissen, wer ich wirklich bin oder wie ich aussehe. Was zählt, ist meine Stimme und die Lieder, die ich zur Freude meiner Zuhörer vortrage.«

»Haben Sie sich das mit der Maske bei Carlo Waibel abgeschaut?«

»Wer ist das?«

»Er nennt sich Cro, tritt immer mit einer Pandamaske auf und singt, nun ja, etwas andere Lieder als Sie.«

»Pah, der trägt ja eine Kunststoffmaske. Ich bastele meine Masken selber. Das ist ein Hobby von mir. Meistens modelliere ich sie aus Gips.«

»Herr Sänger, Sie interpretieren ja hauptsächlich alte deutsche Schlager. Die gehören normalerweise nicht zu unserem Repertoire. Zu Ihrer und der Zuhörer Freude habe ich hier etwas von Wolle Petry.«

Damit wandte er sich wieder seinen Gerätschaften zu und spielte den Song ab.

»Ich muss mal schnell aufs Klo.«

Er ließ die Vogelscheuche eine kurze Zeit alleine. Im Toilettentrakt schmiss er sich eine Handvoll kaltes Wasser ins Gesicht. So einen merkwürdigen Gast hatte er noch nie in einer seiner Sendungen gehabt. Er musste sich zusammenreißen, um höflich zu bleiben.

»Herr Sänger«, eröffnete er die nächste Gesprächsrunde, »Ihr Pseudonym ist ja wahrscheinlich eine Hommage an Peter Alexander. Wollen Sie nicht vielleicht mal ein Lied von ihm intonieren, vielleicht ›Die kleine Kneipe‹?«

Peter A. Sänger holte kurz Luft und legte dann los. Seine Stimme war beeindruckend, das musste sogar Müller zugeben.

Nach der Darbietung umschmeichelte er ihn ein bisschen und wechselte dann das Thema.

»Herr Sänger, ein Herr Kuschinski, den ich auch gerne eingeladen hätte, aber nicht ausfindig machen konnte, hatte sich bei uns für den Bürgerfunk beworben. Er beklagte unsere Musikauswahl und wollte mehr deutsche Schlager hören und vielleicht auch selbst präsentieren. Wie stehen *Sie* zu unserem Programm?«

Sänger verzog wieder seine Mundwinkel, haute dann wild auf die Theke, dass es schepperte. Müller zuckte zusammen, schloss den Regler, aber zu spät.

Sängers kurzer Wutausbruch war bereits durch den Äther gekracht.

»Bitte machen Sie das nicht noch einmal.«

Mit einer besänftigenden Handbewegung zog Müller den Regler wieder auf.

»'tschuldigung«, sagte Sänger, »bei diesem Thema kann ich nicht ruhig bleiben. Es ist überall dasselbe: Im Fernsehen laufen nur noch Krimis mit kranken Kommissaren und wirren Geschichten. Kein Ohnsorg-Theater, kein Komödienstadel und auf allen Sendern nur schrille, unverständliche Musik, auch bei Ihnen in Radio Wuppertal. Bodenständige deutsche Musik oder anständige Volkskunst kommt gar nicht mehr vor. Das ist der helle Wahnsinn.«

Müller blendete ihn aus und ließ den nächsten Musiktitel abspielen, und noch einen, und noch einen.

Währenddessen schwiegen sie sich an.

Regler auf.

»Herr Sänger, Sie sprachen gerade von Wahnsinn. Ist es nicht ein Wahnsinn, wenn ein offensichtlich kranker Mensch eine Zuschauermenge angreift, einige schwer verletzt, nur weil er mit dem modernen Tanztheater nichts anzufangen weiß?«

Sänger schwieg.

Müller spielte wieder eine Musik an, sagte bei geschlossenem Mikro: »Ich könnte mir denken, dass dieser gestörte Mensch ähnlich denkt wie Sie. Möglicherweise gehört er sogar zu Ihrer Fangemeinde, hört uns vielleicht sogar zu. Sagen Sie doch bitte etwas dazu. Fordern Sie ihn auf, sich zu stellen. Solch ein Mensch gehört doch weggesperrt.«

Regler auf.

Sänger schüttelte den Kopf. »Ich sag nix mehr.«

»Liebe Hörer, Herr Sänger scheint genauso geschockt zu sein wie wir alle. Wir können nur hoffen, dass die Polizei dieses Ungeheuer schnell zu fassen bekommt.

Mit dieser Hoffnung entlasse ich Sie aus dieser Stunde mit Musik, die vielleicht nicht jedermanns Geschmack traf, und verabschiede mich bis nach den Nachrichten. Ihr Jens Müller.«

Sänger riss sich den Kopfhörer runter, schmiss ihn auf die Theke und ging ohne Gruß.

Howard Carpendales »... dann geh doch« klang ihm im Treppenhaus nach.

Die nächste Stunde leitete Müller mit harten Gitarrenriffs ein. Ohne den Regler runterzudrehen, brüllte er ins Mikrofon: »Das haben wir uns verdient. Die Gehörgänge müssen jetzt wieder freigeblasen werden. Hier ist AC/DC mit ›Highway to Hell‹.«

Gleich darauf ließ er den Klassiker »Born to be wild« von Steppenwolf folgen. Einen Knaller nach dem anderen jagte er durch den Äther, meldete sich nur alle zehn Minuten mit der Stationsansage von Radio Wuppertal. Zwischendurch drehte er die Studiolautstärke auf und tanzte wie ein Irrwisch in seinem Glaskasten herum.

Das Telefonschellen überhörte er fast. Lars Lombardi war dran.

»Was ist denn bei Ihnen los?«, schrie auch er durch die Leitung, um sich verständlich zu machen.

Müller drehte alles auf Normallevel zurück, holte Luft und sagte wieder ganz ruhig: »Das brauchte ich jetzt; aber gut, dass Sie anrufen. Kommen Sie spätestens Viertel vor zwei, damit ich Zeit habe, Ihnen zu öffnen.«

»Sie haben vorhin in der Sendung einen Kuschinski erwähnt. Wussten Sie, dass die tote Olga K. aus der Nordstadt seine Frau ist? Es wird vermutet, dass er sie getötet hat.«

»Ist nicht wahr. Erzählen Sie mir nachher mehr darüber.«

Zum x-ten Mal an diesem Tag verlas Müller gerade den Wetterbericht, als der Summer einen Besucher an der Pforte ankündigte.

Nachdem er mit dem Straßenzustandsbericht durch war, drückte er die Taste für den voreingestellten Musikstream und ging runter.

Eine Gegensprechanlage gab es nicht, sonst hätte er gesagt: Viel zu früh.

Es war aber gar nicht Lars Lombardi, der vor der Tür stand. Müller erkannte den Mann sofort, trotz seines zivilen Aussehens.

»Sie schon wieder!«, herrschte er ihn unfreundlich an.

»Hab mein Handy vergessen«, kam es genauso barsch zurück.

»Gut, kommen Sie schnell mit. Ich muss weitermachen.«

Müller spurtete vor dem ungebetenen Gast die Treppe hinauf, hörte hinter sich das Schnaufen des untrainierten Mannes und wartete auf dem nächsten Absatz auf ihn.

Als er sich umdrehte, glaubte er, Sänger hätte die Balance verloren, weil er mit den Armen durch die Luft wedelte.

Die Spritze in dessen Hand sah er nicht. Sie sollte den Hals treffen, stach aber in die Brust.

»Da, du Arsch!«, schrie Sänger, drehte sich um und eilte die Treppen hinunter.

Müller schaute ihm verblüfft hinterher. Den Stich hatte er nur wie ein Wischen über sein T-Shirt wahrgenommen.

Kopfschüttelnd ging er in Richtung Studio den letzten Treppenabsatz hinauf.

In der letzten Stunde hatte er wohl ein wenig zu heftig herumgetobt. Das Treppensteigen fiel ihm plötzlich schwer. Ein unangenehmes Prickeln durchzog seine Glieder. Im Mund spürte er ein taubes Gefühl.

Jetzt wurde ihm auch noch schwindelig. Müller schleppte sich auf seinen Sprecherplatz, wollte eine Taste drücken, tippte aber daneben. Er sah alles doppelt.

Verdammt, was ist los, dachte er, fasste sich an die Brust, wo es plötzlich heftig schmerzte.

Herzinfarkt, durchzuckte ihn ein Gedanke. Sein Griff zum Telefon gelang nicht. Zu stark zitterten seine Hände. Sein ganzer Körper zuckte unkontrolliert. Der Atem stockte ihm, dann fiel er vom Stuhl, Schaum vor dem Mund.

17. KAPITEL

Lars traf 20 Minuten vor der Zeit am Otto-Hausmann-Ring ein. Das hohe graue Gebäude des ehemaligen Medienhauses sah nicht nur verlassen, sondern auch ziemlich heruntergekommen aus. Gut, dass ich hier nicht mehr einziehen musste, dachte er. Da war der neue Standort der Zeitung in der Elberfelder City doch deutlich exquisiter und die Redaktionsräume sicherlich komfortabler.

Er klingelte an der Eingangstür und stellte sich auf ein paar Minuten Wartezeit ein.

Der kalte Herbstwind ließ ihn frösteln. Noch immer trug er nur seine kurze Jacke und keine Kopfbedeckung. Das wollte er seiner Frisur nicht antun. Lieber fror er. Eine geschützte Überdachung gab es auch nicht. Nach mehreren Versuchen gelang es ihm, eine Zigarette anzuzünden. Bis er sie zu Ende geraucht hatte, tat sich nichts an der Tür. Er schaute auf die Uhr. Noch sieben Minuten bis Sendebeginn. Er schellte erneut, jetzt lang anhaltend.

Ein Fahrzeug bog auf den ansonsten leeren Parkplatz ein. Eiligen Schrittes kam ein Mann auf ihn zu.

»Lars Lombardi, nehme ich an?«

Lars nickte.

»Und Sie?«

»Frank Blume, ich bin der Chefredakteur.«

Lars streckte ihm die Hand entgegen, die Blume übersah. Er versuchte hektisch, seinen Hausschlüssel ins Schloss zu stecken.

»Irgendetwas stimmt hier nicht«, sagte er dabei. »Unser Sender hat sich automatisch auf die Sendezentrale in Oberhausen geschaltet und das vorproduzierte Programm übernommen. Die Zuhörer werden das kaum bemerkt haben; aber ich.«

Endlich bekam er die Tür auf und eilte die Treppen hinauf. Lars schloss sich ihm an.

»Wenn unser Moderator nicht alle paar Minuten einen Regler bedient oder eine Taste drückt, schaltet das Programm nach Oberhausen um«, rief Blume über die Schulter hinweg.

In der Redaktionsetage erblickten sie Müller, der zuckend auf dem Boden lag. Gleichzeitig griffen sie nach ihren Handys.

Vier Minuten dauerte es, bis der Rettungswagen eintraf.

»Au Scheiße, das sieht nach einer Vergiftung aus«, sagte einer der beiden bärtigen Männer. Und zu seinem Kollegen:

»Pack das Beatmungsgerät aus.«

Der Notarzt kam zwei Minuten später.

»Wahrscheinlich haben Sie recht«, bestätigte er die

angenommene Diagnose des Sanitäters, »so was habe ich schon mal vor ein paar Wochen in Langerfeld gesehen. Genau dasselbe. War damals ein Schlangenbiss.«

Er kramte ein Notizbuch aus seiner Jacke, blätterte darin herum, wählte dann eine Telefonnummer und sagte: »Herr Kollege, Sie haben doch ein Antiserum gegen Schlangenbisse. Wir brauchen das sofort. Ich besorge Ihnen einen Streifenwagen.«

Bis der mit dem Serum in der Redaktion eintraf, beatmeten sie Müller. Zusätzlich spritzte der Arzt ein Beruhigungsmittel. Vorsichtig hievten sie ihn auf eine Trage. In den Aufzug passte die nicht. Sie mussten ihre schwere Last durch das Treppenhaus bugsieren, bevor sie mit Blaulicht und Sirene über die A 46 Richtung Helios-Klinik rasten.

Der Notarzt räumte noch seinen Einsatzkoffer zusammen, als es erneut schellte. Fiebig stand vor der Tür.

»Meine Leitstelle hat mich benachrichtigt«, erklärte er sein Kommen, noch völlig außer Atem. Die Treppen hatten ihm wieder einmal sein Alter vor Augen geführt.

»Der Notarzt vermutet einen giftigen Schlangenbiss. Er hat im Zoo ein Antiserum besorgt und es Müller verabreicht. Er hofft, dass er durchkommt.«

Lars wies bei seinen Erklärungen auf den Arzt und stellte Fiebig vor. Alle schüttelten sich die Hände, wobei Fiebig auf den Boden starrte.

»Ich hoffe, das Vieh kriecht hier nicht noch herum«, knurrte er, zog sein Handy hervor, rief die Leitstelle an und orderte einen Suchhund.

Diesmal dauerte es eine halbe Stunde, bis eine junge Beamtin mit ihrem Hund erschien, ihr die Sachlage erklärt wurde und sie dann zweifelnd ihrem Harro über den Kopf strich, bevor sie ihn auf die Suche schickte.

»Ich weiß nicht, ob er eine Schlange aufspüren kann«, sagte sie, »und wenn, dann hoffe ich, dass er nicht gebissen wird.«

»Besser er als wir«, murmelte Fiebig und fing sich dafür einen bösen Blick ein.

Während der Hund zwischen den Schreibtischen herumwuselte, setzten sie sich auf einen und nahmen vorsichtshalber ihre Beine hoch.

Fiebig fragte, wieso der Notarzt an einen Schlangenbiss glaube.

»Ich hatte vor vielleicht vier oder fünf Wochen einen ähnlichen Einsatz in Langerfeld an der Schwelmer Straße gehabt«, erzählte er. Dort sei eine Frau von einer Mamba gebissen worden. Sie hätte die gleichen Symptome gezeigt. Ihr Mann, der die Schlange und noch andere Reptilien in seiner Wohnung hielt, wusste, dass im Zoo ein entsprechendes Antiserum vorgehalten wurde.

»Ich habe mich anschließend schlaugemacht«, erzählte der Arzt weiter. »Nur das Gift der Mamba enthält bestimmte Dendrotoxine, die zu Spasmen der

Muskulatur sowie zu Krämpfen bis zum völligen Erliegen der Atmung führen. Es kommt zum Zusammenbruch des Herz-Kreislauf-Systems. Innerhalb von 20 Minuten kann der Tod eintreten. Ein Beruhigungsmittel und ständige Beatmung können helfen, bis das Antiserum wirkt.«

»Warum wissen wir nichts von diesem Vorfall?«, fragte Fiebig.

Der Arzt zuckte mit den Schultern. »Ich hatte einen Bericht geschrieben und ihn an das Gesundheitsamt und das Ordnungsamt geschickt. Muss wohl irgendwo versandet sein. Ich weiß aber, dass der Mann die Schlange anschließend weggeben musste.«

»Schlamperei«, knurrte Fiebig.

Lars schaute ihn an.

»Schwelmer Straße, Kuschinski?«

»Gut möglich.«

Fiebig haute wütend auf die Tischplatte.

»Ich warte nicht länger, bis wir endlich einen Durchsuchungsbeschluss für seine Wohnung bekommen. Wir gehen da jetzt sofort rein.«

Er bestellte Laura und Elke zur Schwelmer Straße und sagte, sie sollten einen Schlüsseldienst mitbringen.

»Ich komme mit«, sagte Lars entschlossen, sprang auf den Boden und gleich darauf erschrocken zurück auf die Schreibtischplatte.

Der Hund hatte angeschlagen und fegte wie ein Irrwisch durch das Großraumbüro. Eine Maus im Zickzack vor ihm her. Sie rettete sich hinter eine Bodenleiste.

»Harro! Aus!«, schrie die Beamtin. Der Hund setzte sich knurrend und ließ seine Augen nicht von der Leiste, hinter der die Maus verschwunden war.

»Wenn hier ’ne Schlange gewesen wäre, hätte die sich bestimmt die Maus geschnappt. Wahrscheinlich wurde das Gift wieder injiziert. Haben Sie irgendetwas Entsprechendes gesehen, eine Einstichstelle oder so?«

»Ich hatte anderes zu tun«, verteidigte sich der Notarzt.

»Wie auch immer«, bellte Fiebig in seiner bekannten Art. »Wir müssen zusehen, dass wir diesen Kuschinski zu fassen kriegen. Auf geht’s.«

Der Schlüsseldienst hatte keine Mühe, das billige Haustürschloss zu knacken. In dem muffigen Geruch, der ihnen entgegenschwappte, mischte sich etwas, was Laura bekannt vorkam. Ihr Magen verkrampfte sich.

»Ich gehe da nicht rein.«

Die anderen betraten ohne Zögern den dunklen Flur und öffneten die erste Tür zu ihrer Rechten. Fiebig eilte zum Fenster, zog die Gardinen beiseite und öffnete es. Frische Luft strömte herein.

»Puh«, stöhnte Elke, »das stinkt ja ekelhaft.«

Sie hielt ihre Pistole in der Hand, hetzte kurz durch die wenigen Räume und kam mit der Nachricht zurück, dass sich sonst niemand im Haus befand.

Kopfschüttelnd standen sie dann vor einer Batterie Terrarien, die an einer Wand aufgebaut waren.

Sie sahen Geckos, zwei Bartagame, einen kleinen

Kaiman in grün schimmelndem Wasser dümpeln und ein paar ebenfalls kleinere Schlangen, alle tot.

»Die müssen schon wochenlang liegen«, stellte Lars fest.

Fiebig verglich die Schlangen mit einem Foto auf seinem Smartphone.

»'ne Schwarze Mamba, wie wir sie im Zoo gesehen haben, ist nicht dabei«, sagte er.

Elke durchsuchte zwischenzeitlich diverse Schubladen und präsentierte einen Stapel loser Fotos.

Und Fotos schoss auch Lars. Fiebig fiel das erst auf, als Lars sagte: »Fiebig, stell dich noch einmal vor den toten Viechern in Position.«

Fiebig zuckte herum.

»Wenn auch nur ein Foto oder eine Zeile hiervon in Ihrem Käseblatt erscheint, drehe ich Sie durch die Mangel. Und wenn ich Mangel sage, dann heißt das, Sie sind platt und erledigt.«

Lars grinste nur.

»Und überhaupt«, polterte Fiebig weiter, »seit wann duzen wir uns denn?«

Lars grinste noch breiter.

»Fiebig, beim ungefähr zehnten Grappa hattest du mit mir Brüderschaft getrunken.«

Fiebig konnte sich nicht erinnern. Vorsichtshalber sagte er nichts mehr.

»Aber keine Sorge«, sagte Lars, »ich halte mich zurück. Erst wenn die Geschichte hier zu Ende gebracht ist, veröffentliche ich das, und zwar exklusiv.«

»Meinetwegen; aber bis dahin: Nix! Haben wir uns verstanden?«

»Jawohl, Padrone.« Lars salutierte.

Elke lachte schallend.

»Jetzt guck mal hier drauf«, stieß sie Fiebig an und zeigte ihm einige der Fotos.

Alle waren sich einig, dass dieser rothaarige kleine Pummel Wolfgang Kuschinski sein musste. Er sah genauso aus wie der Mann, der von mehreren Leuten beschrieben wurde. Die Nachbarin im Vorderhaus bestätigte, dass es Kuschinski war, nachdem Elke auch ihr die Fotos zeigte.

»Kannst du nicht mit diesem Foto einen Fahndungsaufruf in unserer Zeitung starten?«, fragte Lars.

»Quatsch, das ist zu früh. Wir haben doch überhaupt nichts. Nur Vermutungen, keinerlei objektive Beweise.«

Fiebig rief das Bereitschaftsteam der KTU an. Sie sollten in dem Haus Fingerabdrücke und Material für einen DNA-Abgleich sichern.

»Und entsorgt diese stinkenden Viecher«, fügte er an.

Auf die Frage »Welche Viecher?« antwortete er nicht, drückte einfach das Gespräch weg.

Draußen gab er Laura die Fotos und beauftragte sie, am Montagmorgen durch die Stadt zu ziehen und sich von allen Leuten, die den vermeintlichen Kuschinski gesehen hatten, die Person bestätigen zu lassen.

»Außerdem gehst du zum Ermittlungsrichter, erklärst ihm unseren Einsatz, damit er die Aktion nachträglich mit einem Beschluss besiegelt.«

»Mit welcher Begründung?«

»*Sie* sind doch die Staatsanwältin. Denken Sie sich was aus.«

Es sprach für Fiebigs angespannte Nervosität, dass er in den wenigen Sätzen ständig zwischen »Du« und »Sie« hin und her wechselte. Seine gespielte Selbstherrlichkeit brauchte sich langsam auf. Auch Laura war viel zu aufgeregt, als dass es ihr aufgefallen wäre.

18. KAPITEL

Zwar hatte Fiebig die Leitung der Mordermittlung zu Olga Kuschinski an Elke übertragen, war aber inzwischen der Meinung, dass er das alleine in der Hand behalten sollte. Er brauchte auch keinen Lars Lombardi, der ihm einzureden versuchte, dass ein irrer Kulturhasser für die Taten der letzten Zeit verantwortlich war. Davon war er nämlich inzwischen selber überzeugt. Nach dem gestrigen Schlangenfund hatte er Kuschinski zu seinem Hauptverdächtigen ernannt. Es gab ja auch sonst niemanden. Aus der Bevölkerung kam kein brauchbarer Hinweis außer der der üblichen Verdachtsschöpfer: »Ich habe den Attentäter vom Opernhaus gesehen. Der läuft gerade über die Poststraße, hatte 'ne Kapuze auf und einen langen Bart.« Oder: »Mein Nachbar hat den bösen Blick. Ich glaube, das ist der Attentäter.«

Fiebig hatte Elke beauftragt, sich mit diesem Blödsinn zu beschäftigen und das Ganze dann in dem Ordner abzuheften, auf dessen Rücken »erledigte Spuren« stand.

Was Kuschinski als möglichen Täter betraf, bauten

sie bisher leider nur auf Vermutungen. Für eine öffentliche Fahndung langte das nicht.

Es wurde Zeit, endlich einmal eine objektive Spur zu finden, die ihn eindeutig als Täter identifizierte. Das war aber nur das erste Problem. Das zweite war, diesen Kuschinski überhaupt zu fassen zu kriegen.

Jetzt hatten sie Fotos, aber keinen Hinweis auf einen Wohnort, ein Versteck oder eine Arbeitsstelle.

Es war zum Haareraufen. Auch ein unmögliches Unterfangen, denn Fiebig hatte ja gar keine.

Das Landeskriminalamt Düsseldorf, in dessen Labor die DNA-Spuren zur Analyse lagen, teilte ihm mit, dass er nicht der Einzige im Lande sei, dessen Auftrag besonders eilig bearbeitet werden sollte. Er müsste sich noch mindestens zwei Wochen gedulden.

Wütend stürmte Fiebig ins Büro des Polizeipräsidenten.

»Mach denen mal Feuer unterm Arsch!«, forderte er.

Das fruchtete nicht. Der Präsident aus Wuppertal war nicht weisungsbefugt.

Laura war nun gefragt. Bei der Staatsanwaltschaft handelte sie eine Honorarübernahme aus. Damit konnte ein privates Labor beauftragt werden. Die versprachen, bereits in zwei Tagen Ergebnisse zu liefern. Fiebig jagte einen Kurier nach Düsseldorf, ließ seine sämtlichen dort eingelieferten Spuren abholen und zu dem Labor nach Essen bringen.

Müller wurde noch immer in einem künstlichen Koma gehalten. Es stand nicht gut um ihn. Den Täter konnte auch er wohl in nächster Zeit nicht benennen.

Fiebig tobte. Die Presse machte ihm die Hölle heiß und bescheinigte der Polizei Unfähigkeit. Der Irre musste endlich gefasst werden. Nur Lars hielt sich an sein Versprechen. Seine Zeitung beteiligte sich nicht an Spekulationen und auch nicht an Beschimpfungen der Polizei.

»Am Sonntagvormittag war doch dieser komische Sänger bei Müller Studiogast. Vielleicht kann der irgendetwas sagen? Vielleicht hat er jemanden gesehen?«, spornte Lars seinen neuen Freund Fiebig an.

»Ja, ist immerhin einen Versuch wert«, sagte Fiebig. »Gib mir seine Telefonnummer.«

»Der hat keine. Es weiß auch niemand, wo der zu erreichen ist, außer über E-Mail.«

Fiebig schickte Sänger eine hochoffizielle Mail und lud ihn als Zeugen vor. Bis zum Abend kam keine Antwort zurück.

Wieder musste Laura ran. Beim Bereitschaftsrichter besorgte sie einen Beschluss, um den Standort, zu dem die E-Mail-Adresse gehörte, ausfindig zu machen.

Das ging schnell. Bereits am nächsten Morgen hatten sie die Adresse, ein Internetcafé in der Elberfelder Innenstadt.

Laura fuhr hin. Ein freundlicher Türke gab gerne Auskunft. Nachdem Laura ihm Kuschinskis Foto zeigte, konnte er bestätigen, dass der öfters aufgetaucht und Internetzeit gebucht habe. Mehr konnte er aber nicht sagen. Eine Videoaufzeichnung gab es in dem Café nicht.

Auch in der Marienstraße und bei den Rockern in Langerfeld hatte Laura Erfolg. Alle Leute, denen sie Kuschinskis Foto zeigte, bestätigten es. Kuschinski war der Mann, der vor Olgas Haus herumgelungert hatte, und auch derjenige, der den Rockern beim Ausmisten des Hauses geholfen hatte.

Auf ihrer Fahrt durch die Stadt kam Laura an einem Großhandel für Installationsbedarf vorbei. Der Bart aus Hanf, den der Attentäter getragen hatte, kam ihr in den Sinn. So was brauchte man doch beim Heizungsbau?

Spontan betrat sie den Laden und zeigte auch dort das Foto vor. Der Verkäufer, ein junger, hibbeliger Mann, zeigte mehr Interesse an Laura als an dem Foto. Er holte alles aus sich heraus, was ihm an dummen Anmachsprüchen zur Verfügung stand. Damit war er bei Laura an der falschen Adresse.

»Sagen Sie mir einfach, ob Sie diesen Mann hier kennen oder nicht. Hat er bei Ihnen vor kurzem Hanf gekauft?«

»Haha, Hanf. Das benutzt doch kein Mensch mehr. Es gibt Schraub- oder Quetschverbindungen. Für die Schraubverbindungen brauchte man früher Hanf zur Abdichtung. Heute wird das alles mit Kunststoffband gemacht.«

»Interessant«, quälte Laura sich ein verbindliches Lächeln ab. »Kennen Sie nun diesen Mann oder nicht?«

Endlich ließ der junge Verkäufer den Blick von Laura und schielte auf das Foto. Verschmitzt grinsend, wanderten seine Augen nach oben, so als ob er intensiv nachdenken müsste.

»Hier war so 'n dicker Rothaariger, der unseren ganzen Rest Hanf aufgekauft hatte. Brauchte er zum Basteln, hatte er gesagt.«

Noch einmal schaute er auf das Foto. »Ja, das könnte er sein.«

Mit Bedauern betrachtete er dann Lauras Rückenansicht. Und schon hatte sie den Laden verlassen.

»Schön und gut«, knurrte Fiebig, als er sich Lauras telefonische Erfolgsmeldung angehört hatte. »Das bestätigt unsere Vermutungen, mehr aber auch nicht. Das sind alles Indizien. Das reicht mir noch nicht.«

Laura fragte sich, was er denn noch alles brauchte, um Kuschinski endlich als Täter anzusehen. Sie hätte längst einen Haftbefehl beantragt. Fiebig war aber hier der Fachmann. Sie hoffte, dass er einen klaren Plan hatte, wie weiter vorzugehen sei.

Offensichtlich hatte er tatsächlich einen.

Zurück im Präsidium, sah sie sich einer Menge fremder Männer gegenüber. Sie bevölkerten Fiebigs Büro. Er selber telefonierte noch.

»Wir haben ihn«, sagte er triumphierend zu Laura, nachdem er aufgelegt hatte.

»Kuschinski?«

»Noch nicht, aber seine Wohnung.«

Ein Bauer vom Ehrenberg in Langerfeld habe angerufen und gesagt, dass Kuschinski seit ein paar Wochen bei ihm wohne. Bei Radio Wuppertal hätte er den Namen Kuschinski gehört und in der Zeitung von einem Mord an Olga K. gelesen. Erst jetzt sei ihm plötzlich aufgegangen, dass mit ›K‹ auch Kuschinski gemeint sein könnte. Gesehen habe er ihn seit Sonntag nicht mehr.

»Und jetzt?«, fragte Laura.

»Ich habe vorsichtshalber in Düsseldorf ein SEK bestellt.« Fiebig deutete auf die Männer, die in seinem Büro herumstanden. »Wir gehen da jetzt rein. Wenn er der Mörder ist, für den wir ihn halten, müssen wir Vorsorge treffen. Er ist gefährlich.«

Der Landwirt zeigte sich nicht erfreut, als eine ganze Wagenkolonne seinen Hof zuparkte, mit Sturmhauben vermummte Männer ausstiegen und die kleine Wohnung über dem Stall stürmten.

»Ich habe doch gesagt, dass Kuschinski nicht da ist.« Verärgert betrachtete er die eingetretene Tür.

»War doch gar nicht abgeschlossen«, grummelte er. Niemand hörte ihm zu. Die Männer liefen mit vorgehaltenen Waffen durch die Zimmer und durchsuchten auch das Wohnhaus des Bauern und die Nebengebäude. Kuschinski war wirklich nicht da.

»Wenn ich gewusst hätte, was Sie hier anstellen, hätte ich mich nicht gemeldet«, schimpfte der Bauer mit hochrotem Gesicht.

»Na ja«, wandte Fiebig sich an Laura, »jetzt können Sie sich mal für den Ermittlungsrichter ausdenken, wie wir bei der Polizei ›Gefahr im Verzug‹ interpretieren, damit der arme Kerl hier wenigstens seine kaputte Tür ersetzt bekommt.«

Laura verstand, dass Fiebig bei der Staatsanwaltschaft und den Richtern auch keine Freunde zu sitzen hatte, sonst würde er nicht immer sie vorschicken. Laut sagte sie es aber nicht.

Elke ging das Ganze praktisch an. Sie war bereits dabei, die kleine Wohnung akribisch zu durchsuchen. Schon kurz darauf zeigte sie Fiebig Gips und mehrere Masken.

»Gips wurde doch unter einem Fingernagel der ermordeten Tänzerin gefunden?«, fragte sie.

Fiebig nickte.

»Tote Tänzerin, Attentäter vorm Opernhaus, Olga aus der Marienstraße, das alles muss Kuschinski gewesen sein. Und doch haben wir immer noch keinen konkreten Beweis.«

»Ein Sangeskünstler scheint er auch zu sein«, sagte Elke. »Dahinten liegen jede Menge Karaokebänder. Den Aufschriften nach zu urteilen alles olle Schlagerkamellen.«

Laura horchte auf. Der Sänger mit der Maske aus dem Brauhaus. Konnte das auch Kuschinski sein?

Sie behielt diesen Gedanken für sich; aber ihr kam eine Idee, wer das klären könnte.

19. KAPITEL

Das Labor, zu dem Fiebig die DNA-Proben hatte bringen lassen, lieferte pünktlich. Als die Vorabgutachten über das Faxgerät in seinem Büro ankamen und er die Seiten überflog, jubelte er – endlich. Alle Spuren, die sie an den verschiedenen Tatorten gesichert hatten einschließlich der in Kuschinskis ehemaliger und jetziger Wohnung, konnten Kuschinski zugeordnet werden.

Nun durften sie ihn ganz offiziell als Täter ansehen, mit allen zur Verfügung stehenden Mitteln nach ihm fahnden, und die Staatsanwaltschaft konnte eine Belohnung für Hinweise aussetzen, die zu seiner Festnahme führten. So stand es am nächsten Tag groß in den Zeitungen.

Radio Wuppertal schloss sich an. Wegen des Angriffs auf ihren Moderator stellten sie zusätzliche 2.000 Euro Belohnung in Aussicht.

Fiebig setzte eine Besprechung an.

»Wo könnte er sich versteckt halten?«, forderte er seine Leute auf, Vorschläge zu unterbreiten. Eine rhetorische Frage. Beantworten konnte sie niemand. In seiner alten und neuen Wohnung war Kuschinski nicht mehr auffindbar. Einen Computer konnten sie nicht orten. Er nutzte nur ein Internetcafé. Eine Handynummer war für ihn bei keinem Provider registriert.

»Abgehauen? Ins Ausland?« Hilflose Fragen.

Fiebig war nicht der Ansicht. Er glaubte, dass sich dieser Verrückte nach wie vor in der Gegend aufhielt. Begründen konnte er das nicht. Er vertraute seinem Bauchgefühl.

Eine Zeit lang diskutierten sie verschiedene andere Theorien, kamen dabei auf keinen gemeinsamen Nenner.

»Wir müssen wohl auf einen zufälligen Fahndungserfolg hoffen«, löste Fiebig schließlich die Runde auf.

Kuschinski trieb sich tatsächlich noch in der Gegend herum. Er hatte keine Angehörigen, keine vertrauten Freunde und wüsste gar nicht, wo er denn hin sollte. In Wuppertal kannte er sich wenigstens aus.

Seit seiner Attacke auf Müller im Radiosender hatte er sich in seiner Wohnung nicht mehr blicken lassen.

So seltsame Kreise seine Gehirnwindungen auch zogen, eines war ihm klar: Irgendwann würden sie dahinterkommen, wer er war, und ihn jagen. Doch noch wussten sie nicht, wer er war, sonst hätte es bereits in der Zeitung gestanden, glaubte er.

Deshalb war er zu dem Bauernhof auf den Ehrenberg zurückgegangen. Ins Haus traute er sich aber nicht.

Er wusste von einem Schafstall, den der Bauer öfter mit frischem Stroh belegte. Die Schafe standen tagsüber auf der Weide. Er könnte es sich im Stall gemütlich machen und war dort außerdem weit genug vom Gehöft entfernt.

Wenn irgendjemand käme, würde er es rechtzeitig sehen.

Irgendwann schlief er ein. Das Knirschen von Autoreifen auf dem Schotter der Hofzufahrt weckte ihn. Motorgeräusche hatte er nicht gehört. Langsam und leise rollten mehrere Fahrzeuge bis vor das Wohnhaus. Schwarz gekleidete Männer mit Waffen und Schildern sprangen heraus, stürmten in das benachbarte Stallgebäude. Sie trugen Sturmhauben, um nicht erkannt zu werden. Kuschinski war es egal, wie sie ohne ausgesehen hätten. Er hatte nicht vor, ihnen irgendwo zu begegnen und sie anzusprechen.

Er wartete nicht, bis sie wieder herauskamen. Er schlug sich ins Gebüsch und hoffte auf die baldige Dämmerung. Es dauerte allerdings Stunden, bis all die Leute wieder abzogen. Inzwischen hatte es zu nieseln begonnen. Schatten legten sich über Felder, Wiesen und Wald. Der Ehrenberg erwartete die Nacht.

Jetzt erst wagte Kuschinski sich aus seinem Versteck, wanderte wieder zurück ins Tal. Ohne ein Ziel vor Augen, lief er immer weiter, unterquerte die lange Autobahnbrücke und ging weiter auf das benachbarte Schwelm zu. Ruckartig blieb er stehen. Unter den Brücken befanden sich doch immer Hohlräume in der Betonkonstruktion? Er ging zurück, fand tatsächlich einen solchen Raum und verbrachte dort die Nacht.

Am nächsten Tag lief er wiederum kreuz und quer durch die Gegend. Auch zum Ehrenberg ging er hinauf, traute sich dann aber doch nicht auf den Hof.

Müde vom vielen Herumlaufen, verkroch er sich erneut in den Schafstall. Erst nach Anbruch der Dunkelheit wagte er sich wieder hinaus. Er hatte keinerlei Plan und wusste nicht, was er machen sollte oder wo er hinsollte.

Fürs Erste trabte er wiederum ins Tal zurück.

Ziellos durchstreifte er mehrere Straßenzüge, fand sich schließlich auf dem Bahnhofsvorplatz in Oberbarmen wieder.

Dort liefen etliche Gestalten herum, die genauso abgerissen aussahen wie er. Im Gegensatz zu den meisten anderen besaß er wenigstens eine Mütze, die er tief in die Stirn hinunterzog. Unrasiert, nass und fröstelnd, trieb ihn der Hunger Richtung Bahnhofskiosk. Er fischte in seiner Hosentasche nach Kleingeld. Für ein belegtes Brötchen würde es reichen.

Am Kiosk pappte neben der Verkaufsluke eine Zeitungsseite an der Scheibe. ›Extraausgabe‹, verkündete eine rote Balkenschrift. Darunter die Überschrift: ›Dieser Mörder versetzt die Stadt in Angst und Schrecken‹. Den folgenden Text las er erst gar nicht, denn sein Konterfei blickte ihm entgegen, und erschrocken zuckte er zurück.

Sein ängstlicher Blick wanderte hin und her.

In der spiegelnden Scheibe des Kioskes sah er zwei Uniformierte auf sich zukommen. Er begann zu zittern, tastete in der Jackentasche nach seinem Messer.

Krampfhaft umklammerte seine Hand den Griff, dann drehte er sich um.

Die beiden Polizisten gingen an ihm vorbei.

»Mach uns mal zwei Kaffee«, sprach der eine in die Luke.

»Drei«, sagte der andere, »der arme Kerl hier zittert ja wie Espenlaub vor Kälte.«

Aufmunternd drückten sie Kuschinski den dampfenden Pappbecher in seine freie Hand und schlenderten dann über den Platz zurück.

Kuschinski verschüttete das meiste, bevor es ihm gelang, einen Schluck zu nehmen.

Weg hier, schoss es durch seinen Kopf. Ich muss irgendwo unterkommen, wo mich keiner sucht.

Viele Möglichkeiten fielen ihm nicht ein, eigentlich gar keine.

Langsam schlurfte er in die Bahnhofshalle, die Treppe hinunter zum Gleis der S-Bahn. Als er die Anzeigetafel für die S 8 sah, auf der die Zwischenstopps bis Düsseldorf aufgelistet waren, wusste er, wo er unterkommen könnte.

Die Bahn fuhr ein. Er schaute in die langsam vorbeirollenden Waggons, sah keinen Kontrolleur und stieg zu. Bei jedem Halt hielt er Ausschau nach einem, doch die zusteigenden Passagiere sahen alle harmlos aus. Ein Kontrolleur war nicht darunter.

Langsam wurde er ruhiger. Am Zoo stieg er aus. Der Regen hatte sich verstärkt. Wind peitschte durch die Nacht.

Rauchende Gäste des benachbarten Restaurants hatten sich unter die schützende Überdachung der Bahnhofstreppe geflüchtet. Ihr lautes Lachen erschreckte ihn.

Schnell ging er vorbei, die Siegfriedstraße bis zum Stadion herunter, dahinter dann den Böttingerweg hinauf, bis er in der dunklen, schlaglochübersäten Straße den Zugang zum Haus Nummer 62 sah. Völlig allein, kein Nachbar weit und breit, stand dieses große gelbe Haus an den Zoo gelehnt. In den letzten Wochen hatte er hier schon öfter gestanden, immer abends. Zu klingeln hatte er sich nicht getraut.

Jetzt musste es sein. Ob Irene ihn einlassen würde?

20. KAPITEL

Später schalt Laura sich selber, dass sie unbedingt dem selbstherrlichen Fiebig beweisen wollte, dass sie ihm im kriminalistischen Denken ebenbürtig war. Doch da kam ihre Einsicht schon zu spät.

Spätestens bei der Durchsuchung der Wohnung Kuschinskis auf dem Bauernhof wurde ihr klar, dass Kuschinski dieser merkwürdige Schlagersänger aus dem Brauhaus sein musste. Karaokebänder, Gips und Masken – es gab kaum noch Zweifel. Wenn sie ein anständiges Brainstorming am Abend eines jeden erfolglosen Ermittlungstages gemacht hätten, wären sie vielleicht schon früher gemeinsam darauf gekommen. Fiebig aber ließ ja keine anderen Meinungen gelten. Er glaubte doch, die Weisheit mit Löffeln gefressen zu haben.

Jetzt würde sie beweisen, was sie draufhatte.

Nicht nur Kuschinski als Sänger war ihr eingefallen, auch ein Satz, den die Sekretärin im Zoo gesagt hatte. Irene, so hieß sie doch?

»Alexander singt so schön«, hatte sie geäußert. Und: »Der arme Mann wird doch von seiner Frau geschlagen und gestalkt.«

Von wegen. Er war derjenige, der seine Frau schlug. Zum Schluss sogar erschlug. Und dazu noch »Alexander«. Wie einfallslos.

»Peter A. Sänger« nannte er sich. Es lag doch auf der Hand, dass das »A« für Alexander stehen musste.

Sie fuhr zu Dienstbeginn nicht ins Präsidium, sondern sofort zum Zoo und traf Irene Schneider in ihrem Büro an. Die saß vor einer dampfenden Tasse Kaffee und las die Zeitung.

Erstaunt schaute sie auf, als Laura, ohne anzuklopfen, hereinkam. Ertappt klappte sie die Zeitungsseite schnell um und stopfte sie in eine Schublade.

Laura hielt ihr Kuschinskis Foto vor die Nase.

»Es ist das gleiche Foto wie in der Zeitung.«

Irene tat so, als ob sie nicht verstand, starrte regungslos auf das Bild, bis es vor ihren Augen verschwamm.

Mit einem Seufzer sackte sie in ihrem Stuhl zusammen. Ein Häufchen Elend.

»Warum haben Sie nicht sofort die Polizei angerufen?«, fragte Laura streng.

Irenes Stimme zitterte. Auf die Frage ging sie nicht ein.

»Der Alexander ist doch ein ganz Lieber. Keiner Fliege könnte der was zuleide tun.«

Verächtlich schnaubte Laura durch die Nase.

»Von wegen. Ein brutaler Mörder ist er und wahrscheinlich ein sehr, sehr kranker Mensch.«

Irene konnte die Tränen nicht mehr halten. Sturzbäche liefen ihr über die Wangen. Ein Schütteln durchlief ihren Körper.

Laura wandte sich ab, bediente sich an der Kaffeemaschine und wartete. Nachdem Irene nur noch leise vor sich hin wimmerte, zog Laura sich einen Stuhl heran, setzte sich neben die Frau, für die eine Welt zusammengebrochen war, und nahm sie in den Arm.

»Wo ist er?«

Irene schüttelte nur stumm den Kopf.

Laura redete auf sie ein, führte ihr vor Augen, wie gefährlich Kuschinski war, und erntete ein unaufhörliches Kopfschütteln von Irene.

»Er ist unberechenbar, gefährlich, auch für Sie.«

Laura versuchte, zu der Frau durchzudringen, ihr Nicht-Wahrhaben-Wollen zu beenden.

»Wo ist er?«

»Weiß nicht«, schniefte Irene.

Lange schwiegen sie danach. Das Telefonklingeln schreckte beide Frauen auf.

Irene schnäuzte sich, atmete einmal tief durch, meldete sich dann, hörte eine Weile zu und sagte: »Ich komme sofort.«

Lauras fragenden Blick beantwortete sie wieder mit einem Kopfschütteln. Sie stand auf und wollte gehen.

»Ich muss zum Chef«, murmelte sie.

Laura hielt sie am Arm fest.

»Irene.«

Es klang flehend, gleichzeitig aber auch eindringlich.

Irene riss sich los.

»Er hatte doch so unter seiner Frau zu leiden und brauchte hin und wieder ein Ausweichquartier. Ich habe ihm einen Schlüssel zu unserer Nebenpforte besorgt.«

Schnell verließ sie das Büro.

Laura blieb alleine zurück. Sie setzte sich ans Telefon und rief Fiebig an.

»Kuschinski hat einen Schlüssel zur Nebenpforte des Zoos am Selmaweg. Die Tür führt zu den Werkstätten, und direkt dahinter befindet sich das Reptilienhaus.«

»Was, zum Donnerwetter …«, das Weitere verschluckte Fiebig. Eine Weile war nur sein Atmen zu hören, dann sprach er ganz ruhig weiter.

Ein SEK dorthin zu schicken, bringe nichts. Das sei zu auffällig, überlegte er laut. Er versuche, Kollegen zu organisieren, die, als Zoobesucher getarnt, das Reptilienhaus umstellen könnten.

»Und du bleibst, wo du bist!«, herrschte er in alter Manier Laura an.

Wenn er glaubte, sie damit an ihren Stuhl gefesselt zu haben, lag er falsch.

Laura hatte eine andere Idee als Fiebig.

Tagsüber würde er sich nicht im Reptilienhaus verstecken, sagte sie sich. Der würde ganz woanders sein.

Sie machte einen kleinen Spaziergang und stand eine Viertelstunde später auf der Sambatrasse. Wie eine Spaziergängerin schlenderte sie an dem gelben Haus vorbei, ging weiter bis zu der Überführung und schaute den Tigern beim Dösen zu.

Trotz des frühen Vormittags traten schon etliche Radfahrer in die Pedale. Die ehemalige Bahntrasse zwischen Zoo und Cronenberg war immer gut frequentiert. Spaziergänger, die die Streckenführung durch das Waldgebiet Burgholz ebenso gerne begingen, fielen da nicht besonders auf. Dort, wo Laura stand, überquerte die Trasse den Zoo. Von hier aus hatte man einen guten Überblick über das Freigehege der sibirischen Tiger.

Langsam ging Laura zurück, schwenkte dann an der Abzweigung zum gelben Haus ein. Irene lebte dort alleine in der Parterrewohnung. Das hatte sie während ihres ersten Gespräches erzählt. Laura hoffte, vielleicht durch ein Fenster ins Innere schauen zu können.

Kurz bevor sie das Haus erreichte, trat eine alte Dame aus der Tür, eine Einkaufstasche in der Hand.

»Guten Morgen«, grüßte Laura höflich und schlüpfte hindurch, bevor die Haustür sich wieder schloss.

Sie wollte nur horchen, ob aus Irenes Wohnung irgendetwas zu hören war.

Im gesamten Haus herrschte Stille. Die übrigen Bewohner befanden sich wohl alle auf ihren Arbeitsstellen oder sonst wo.

Irenes Tür stand einen Spalt offen. Vorsichtig schlich Laura näher, lauschte durch den Türspalt.

Plötzlich hörte sie jemanden die Kellertreppe hinaufkommen. Sie wollte sich nicht überraschen lassen und schlüpfte schnell durch die geöffnete Tür ins Innere der Wohnung.

Die Schritte kamen näher. Laura hielt den Atem an.

Die Schritte verharrten. Dann wurde die Tür ganz aufgestoßen. Kuschinski stand im Rahmen. In jeder Hand hielt er eine Mineralwasserflasche und guckte genauso erschrocken wie Laura. Abwehrend streckte sie ihre Hände vor. Kuschinskis Augen flackerten. Mit einem Fuß kickte er die Tür zu, ließ eine Flasche fallen und hob den Arm mit der anderen zum Schlag.

21. KAPITEL

Es dauerte fast eine Stunde und brauchte die ganze Autorität des Polizeipräsidenten, bis Fiebig 20 Leute zusammenhatte, die geeignet erschienen, als Besucher durch den Zoo zu streifen.

Ein Mannschaftswagen brachte sie bis zum Kreisel an der Wotanstraße und setzte sie am Märchenbrunnen ab. Von dort aus gingen sie paarweise aus verschiedenen Richtungen auf den Zoo zu. Fiebig hatte ihnen eingetrichtert, wie jeder normale Besucher Eintritt zu zahlen und sich nicht als Polizisten auszuweisen. Auch sonst hätten sie sich so zu benehmen, als wären sie an den Tieren interessiert und nicht an den übrigen Besuchern. Einige nahmen das zu ernst und ergötzten sich mehr an den Seehunden und den Elefanten, als dass sie nach ihrem Fahndungsobjekt Ausschau hielten.

Einen Wagen der Fahndung orderte Fiebig zur Freyastraße. Die Nebenpforte sowie die Einfahrt zu den Wirtschaftsgebäuden sollten ebenfalls möglichst unauffällig überwacht werden. Vorbeikommende Passanten sahen in dem Wagen zwei junge Männer mit gesenkten Köpfen sitzen. Sie spielten mit ihren Handys, anstatt die Gegend zu beobachten. Fiebig wäre ausgeflippt, wenn er seine Männer hätte sehen können.

Bis zum Mittag hörte er nur negative Rückmeldungen. Weit und breit war kein Kuschinski gesichtet worden. Fiebig ließ die Aktion vorerst abbrechen.

Nur in der Nähe des Reptilienhauses ließ er zwei Beamte zurück, die bis zur Schließung des Zoos dort bleiben sollten. Und auch die Fahndung draußen an der Freyastraße musste ihre Position halten.

»Wenn sich bis morgen nichts tut, installieren wir eine Videoüberwachung im Reptilienhaus«, beschloss Fiebig.

»Kuschinski wird nervös und übervorsichtig sein. Ich fürchte, dass er unsere Leute bemerkt, wenn die dort zu lange herumlungern. Vor allem abends herrscht in der Gegend kein Publikumsverkehr. Das ist ja ein reines Wohnviertel.«

Mit Elke saß er in seinem Büro und beide überlegten, was sie zwischenzeitlich tun könnten, um den Fahndungsdruck zu erhöhen.

»Hat eigentlich jemand Frau Conte mitgebracht, oder sitzt die immer noch bei der Sekretärin herum?«, fragte Fiebig. Bisher hatte er sie nicht vermisst.

Elke wusste von nichts.

Fiebig beauftragte sie, im Zoo anzurufen. Eine Männerstimme meldete sich am Telefon.

»Frau Schneider hat sich krankgemeldet«, sagte der Mann, »versuchen Sie es bei ihr privat.«

Elke verlangte, Frau Conte zu sprechen.

»Kenne ich nicht. Ich sitze hier alleine.«

Der Mann gab ihr Frau Schneiders Nummer durch und Elke wählte erneut. Niemand nahm das Gespräch an. Nicht einmal ein Anrufbeantworter war geschaltet.

Fiebig runzelte die Stirn. Seine Gedanken rotierten, und plötzlich erkannte auch er die Zusammenhänge.

»Lass sofort Lauras Handy orten!«, schrie er Elke an und hämmerte gleichzeitig auf die Tasten seines Computers ein. »Böttingerweg 62«, wurde ihm als Adresse der Sekretärin angezeigt.

»Los, komm!«

Schon stürmte er aus dem Büro, stoppte in der Tür und rannte zu seinem Schreibtisch zurück.

»Waffe mitnehmen!«, befahl er und kramte seine eigene aus einer Schublade, in die sie nicht hineingehörte.

Wieder fuhr Fiebig selber den Dienstwagen.

»Wie eine gesengte Sau!«, kommentierte Elke seinen Fahrstil. »Wenn sie dich jetzt erwischen, bist du den Lappen auf ewig los.«

»Woher weißt du …?«

»Ich habe auch meine Quellen«, schmunzelte Elke. Im nächsten Augenblick entgleisten ihr die Gesichtszüge. Fiebig nahm die Kurve hinter dem Stadion zu rasant. Er touchierte den hohen Bordstein, eine Radkappe flog davon, und danach rumpelte der Wagen merkwürdig.

»Ist was?«

Fiebig lachte scheppernd.

Mit durchrutschenden Reifen versuchte er, rechtzeitig vor dem Eingang zum gelben Haus zu bremsen. Zu spät. Den großen Keramiktopf mit dem Buchsbaum, der dort stand, hatte er zersemmelt.

Er sprang heraus, ignorierte sein Malheur und haute auf sämtliche Knöpfe der Klingelleiste. Prompt öffnete auch jemand. Mit gezogenen Waffen stürmten sie ins Haus.

Irene Schneider stand mit völlig verheultem Gesicht inmitten von Scherben in ihrer Wohnungstür. Wortlos trat sie zur Seite.

»Er ist nicht mehr hier«, schniefte sie.

Davon wollte Elke sich selber überzeugen. Mit vorgehaltener Waffe rannte sie durch alle Räume. Auf dem Sofa im Wohnzimmer lag Laura. Ihre schönen langen Haare klebten blutverschmiert in ihrem Gesicht. Rot durchtränkte Tücher lagen auf ihrer Brust.

»Ich komm nich hoch«, murmelte Laura schwach. »Die blöde Kuh wollt keinen Arzt rufen.«

Das tat Elke nun. Fiebig schrie währenddessen seine Staatsanwältin an, was sie sich nur dabei gedacht habe, solchen Alleingang durchzuziehen.

Als ihr die Tränen in die Augen schossen, beugte Fiebig sich hinunter und nahm sie in den Arm.

»Ach, Mädchen, was machst du nur für Sachen.«

Seine Wut ließ er anschließend an Irene Schneider aus. Von ihren Tränen ließ er sich nicht beeindrucken. Er schrie und tobte herum, wollte wissen, wo Kuschinski sich nun versteckt haben könnte.

Antworten erhielt er nicht. Die Frau schwieg verstockt. Auch noch, als Fiebig ihr verkündete, dass sie nun festgenommen sei und ins Präsidium gebracht werde. Dazu orderte er einen Streifenwagen und bestellte auch gleich die Spurensicherung.

Währenddessen hockte Kuschinski oben im Burgholz und wartete auf die Nacht.

22. KAPITEL

»Schweres Hirntrauma«, hatte der Arzt gesagt.

Lars saß erschüttert an Lauras Krankenbett. Die Ärzte hatten sie in ein künstliches Koma versetzt. Die Schwellung müsse erst zurückgehen, bevor sie operieren könnten, erklärten sie ihm.

Er stand wieder auf, ging nervös hin und her und blieb dann, ans Fenster gelehnt, stehen. Mit tränenverhangenen Augen betrachtete er das bleiche Gesicht Lauras. Das Beatmungsgerät hob mit gleichmäßigem Rhythmus ihren Brustkorb auf und nieder.

Ihr Kopf war weiß bandagiert. Spitz ragte ihre Nase hervor. Blaue Hämatome umrandeten die geschlossenen Augenlider.

»Dieses verdammte Schwein«, murmelte Lars. Seine Gedanken kreisten zu schnell, als dass er sie zu fassen bekam.

Kurz vor Mitternacht standen sie still, hielten sich an einem Gedanken fest. Er rief Fiebig an.

Sofort war der am Apparat. Offensichtlich konnte auch er nicht schlafen.

»Ich habe gerade mit meinem Nachtredakteur

gesprochen«, sagte Lars ganz ruhig. »Für die morgige Ausgabe setzen wir noch einen Artikel rein, mit dem wir Kuschinski aus seinem Versteck locken. Daneben wird mein Foto stehen, damit er mich auch erkennt.«

»Das machst du nicht«, knurrte Fiebig. »Kuschinski zu fassen ist unsere Sache.«

Lars legte einfach auf, rief dann erneut in der Redaktion an und diktierte seinen Artikel. Das ging schneller, als wenn er jetzt alles auf seinem Smartphone formuliert und dann weggeschickt hätte.

Währenddessen lag Kuschinski trocken in einem alten Bergischen Haus an der Königshöhe. Es wurde gerade komplett saniert und stand deshalb leer. Den provisorischen Holzverschlag zu knacken, der als Tür diente, bereitete ihm trotz seiner Müdigkeit keine besondere Mühe. In den letzten Tagen musste er zu viel durch die Gegend hetzen. Er bedauerte sich selber. Was wollten nur alle von ihm? Warum all diese Aufregung, nur weil er sich ein wenig mehr volksnahe Kunst in den Medien wünschte?

Länger dachte er nicht darüber nach. Sein Kopf lag auf einem Zementsack. Sofort schlief er ein und schnarchte vor sich hin. Kein schlechtes Gewissen plagte ihn. Von Albträumen blieb er verschont.

Noch zeigte der herbstliche Morgen kein richtiges Licht, als er von einem Motorgeräusch geweckt wurde. Durch einen Spalt des mit Papierbahnen verhangenen

Fensters schaute er hinaus. Ein Lieferwagen stand vor dem Haus.

Schon wollte Kuschinski wieder flüchten, als er sah, dass dieser Besuch nicht ihm galt.

Ein junger Mann hängte am gegenüberliegenden Haus einen Beutel mit Brötchen an die Klinke der Haustür, stieg wieder ein und fuhr weiter.

Erleichtert atmete Kuschinski aus. Licht war in dem Haus gegenüber nicht zu sehen. Die Bewohner lagen wohl noch in ihren Betten.

Kurz entschlossen flitzte er nach drüben, schnappte sich die Brötchentüte und nahm auch gleich die Zeitung mit, die vor der Tür lag. Zurück in sein Nachtquartier ging er nicht mehr. Er wollte nicht den Bauarbeitern in die Hände fallen, die sicherlich gleich zur Arbeit kommen würden.

Er lief ein Stück den Weg hinauf, bog dann in die Kleingartenanlage ab und suchte ein Gartenhäuschen am Rande des Waldes. Dort schlug er eine Scheibe ein, stieg ins Innere und frühstückte erst einmal.

Dabei blätterte er in der Zeitung. Sicherlich stand wieder etwas über ihn geschrieben. Das letzte Mal war er als Mörder bezeichnet worden. Schon das hatte ihn wütend gemacht. Er war kein Mörder. Er hatte sich nur gegen den nicht auszuhaltenden Schund gewehrt, der alles überschwemmte. Einer musste es doch tun. Deshalb war er doch kein Mörder, nur ein aufrechter Mahner.

Was er jetzt lesen musste, brachte ihn fast völlig um den Verstand.

Nicht nur wieder als Mörder beschimpfte dieser Schmierfink ihn, nein – auch noch als Wahnsinnigen, als völlig krank, als Psychopathen, von dem die Menschheit befreit werden müsste.

Auf dem großen Foto, das in dem Artikel eingefügt war, grinste der Schreiberling frech in die Kamera. ›Lars Lombardi‹, stand darunter.

»Ich muss noch mal zu meiner Mamba«, flüsterte Kuschinski vor sich hin. Seine Stimme flatterte vor Wut.

Die Spritze trug er immer noch in seiner Jacke mit sich herum. Was er noch brauchte, war giftiger Nachschub.

Querfeldein trabte er den Wald hinunter bis auf die Trasse. Wie andere frühmorgendliche Spaziergänger und Jogger schlenderte er dort weiter. Seine Mütze verdeckte die roten Haare. Niemand beachtete ihn. Am Ende der Trasse bog er in den Selmaweg ein, ging langsam die Straße hinunter auf die Nebenpforte des Zoos zu. Dort befand sich auch die Einfahrt zu den Wirtschaftsgebäuden mit der Pförtnerloge.

Kuschinski ging auf dem gegenüberliegenden Bürgersteig. Parkende Autos der Anlieger standen auf beiden Straßenseiten eng beieinander. Sie bildeten einen fast geschlossenen Sichtschutz. Hinter einem SUV blieb er stehen, versuchte, in die noch dunkle Pförtnerloge zu schauen. Etwas bewegte sich dort. Kurz erschien ein Gesicht an der Scheibe. Mist, der Pförtner nahm schon seinen Platz ein. Ungesehen würde er nicht an ihm vorbeikommen.

Unschlüssig ging Kuschinski ein paar Schritte weiter, blieb an der Ecke Freyastraße hinter einem anderen Wagen stehen.

Auch dort war alles zugeparkt. Sein suchender Blick blieb an einem dunklen Wagen hängen. Zwei junge Männer saßen in ihm. Aussteigen wollten sie offensichtlich nicht. Das kam ihm komisch vor. Die saßen einfach nur da und blickten ständig in eine Richtung. Kuschinski zuckte zusammen. Ihm ging auf, dass sie die Nebenpforte beobachteten. Sie warteten auf ihn.

Langsam drehte er sich um und ging zur Trasse zurück. Eine lärmende Schar kleiner Kinder wuselte zu dieser frühen Morgenstunde auf der Brücke herum. Lautstark verlangten sie, die Tiger zu sehen. Die hatten sich ins Gebüsch zurückgezogen. Sie wollten ihre Ruhe haben.

Kuschinski blieb bei den Kindern stehen. Auch er lugte zu dem Gehege der sibirischen Tiger hinüber. Jedenfalls tat er so, als ob er ebenfalls auf sie wartete.

Geduld konnte man von den kleinen Kindern nicht erwarten.

Sie begannen zu nörgeln.

»Dann kommt weiter. Vielleicht sehen wir die Tiger ja nachher noch«, rief eine Erzieherin, um den aufkommenden Lärm zu übertönen.

Kuschinski wartete, bis sie hinter der nächsten Wegbiegung verschwunden waren. Er schaute auch zur anderen Seite. Niemand war gerade in Sicht. Schnell schwang er sich über das Brückengeländer, sah unter sich die Wiesenböschung, höchstens drei Meter entfernt, stieß sich ab und sprang hinunter. Mit drei, vier Schritten erreichte er den Weg.

Der wenige Meter entfernte Kiosk, direkt neben dem Tigerterrain gelegen, war noch geschlossen.

Zu dieser frühen Zeit hatte der Zoo noch gar nicht geöffnet und das Personal war offensichtlich anderen Ortes beschäftigt. Unbehelligt erreichte er das Reptilienhaus.

Im halbdunklen, schwülen Raum fühlte er sich sicher. Das war sein Reich. Hier kannte er sich aus. Im abgeschlossenen Arbeitsbereich, zu dem er den Schlüssel besaß, fand er alles so vor, wie er es an seinem letzten Arbeitstag verlassen hatte. Nur der Vorrat an tiefgefrorenen Mäusen hatte sich reduziert. Wahrscheinlich hatte jemand zwischenzeitlich die Schlangen gefüttert.

Kuschinskis Gesichtszüge verdüsterten sich. Seine eigenen Schlangen kamen ihm in Erinnerung. Von diesen tiefgefrorenen Mäusen hatte er immer einige für seinen Privatgebrauch abgezweigt und sie an seine Schlangen zu Hause in Langerfeld verfüttert. Zwar hatte vor einiger Zeit am Wichlinghauser Markt ein Laden aufgemacht, der »Reptil Frost Food« anbot, aber die wollten 50 Cent für eine tiefgefrorene Maus namens Pinky haben. Ihre Ratten nannten sie »Adult«, für 2,40 im Angebot. Warum bezahlen, wenn er die Viecher hier umsonst bekam?

Leider hatte er sich nicht mehr um seine Reptiliensammlung kümmern können, nachdem die Polizei ihn das letzte Mal aus seiner ehelichen Wohnung getrieben hatte. Seine Frau, die blöde Kuh, tat es auch nicht. Sie ließ die schönen Tiere einfach verhungern. Mit Tränen in den Augen hatte er fassungslos vor den Terrarien mit den toten, vertrockneten Schlangen und Geckos gestanden, als er sich vor einiger Zeit nachts in seine alte Wohnung geschlichen hatte. Die Wohnung war verlassen, Olga verschwunden.

Es dauerte eine ganze Zeit, bis er das Miststück endlich wiedergefunden hatte. Sie hatte sich nach Elberfeld verzogen, wollte sich vor ihm verstecken. Seinen ganzen geheuchelten Charme musste er ausspielen, bis er der Nachbarin aus dem Vorderhaus entlockt hatte, was seine Frau ihr unter dem Siegel der Verschwiegenheit anvertraut hatte. Olga wohnte jetzt in der Marienstraße. Dass er sie erschlagen hatte, verursachte ihm keine Albträume. Es war richtig gewesen, sie zu bestrafen.

Kuschinski schüttelte sich die Erinnerung aus dem Leib. Er hatte jetzt Wichtigeres zu tun. Er zog sich einen Handschuh über und ging wieder nach vorne in den Ausstellungsbereich.

Die Fütterung der Schlangen konnte noch nicht lange her sein, denn die meisten lagen zusammengerollt und schlafend in einem Winkel ihrer Terrarien oder hingen träge in den Zweigen ihres hermetisch abgeriegelten Reiches.

Die Behausung der Schwarzen Mamba ganz rechts am Ende der Schaukästen fand er leer vor. Das erschreckte ihn nur kurz. Er wusste, dass die Mamba manchmal nach hinten gebracht wurde, damit sie zur Ruhe kommen konnte.

So war es auch. Sie lag in einem Terrarium oben im Regal.

Kuschinski hob den Glaskasten herunter und stellte ihn auf den Arbeitstisch.

Die Schwarze Mamba hatte sich halb im Sand vergraben.

Kuschinski packte sie fest kurz hinter dem Kopf. Wild schlängelnd versuchte sie sich zu befreien; aber sein Griff blieb gnadenlos.

Er hielt den Schlangenkopf über den Rand eines Glases und massierte mit den Fingern seiner anderen Hand vorsichtig die Giftdrüsen am Schädel. Das wäre gar nicht notwendig gewesen. Die Mamba schlug wütend mehrmals zu. Aus den Zahnspitzen traten dottergelbe Tropfen aus. Das Sekret floss schubweise ins Glas. Etwa zwei Minuten dauerte das Melken. In dieser Zeit gab sie weit mehr als 100 Milligramm Rohgift ab.

Das reichte Kuschinski. Noch einmal streichelte er ihr über den Kopf, den das Reptil gerne in seine Hand geschlagen hätte. Es gelang ihr nicht.

Kuschinski legte sie zurück ins Terrarium, zog seine Hand blitzschnell heraus, verschloss den Glaskasten wieder und stellte ihn zurück.

Das Gift versetzte er mit ein paar Tropfen Alkohol und zog es dann mit der Spritze auf.

Er wollte sich gerade zum Gehen wenden, als er die Eingangstür klappern hörte. Männerstimmen waren zu hören.

»Installiere das Ding so, dass wir die Türen im Blick haben«, sagte einer.

Regungslos hockte Kuschinski unter dem Arbeitstisch, zog noch eine leere Tonne davor und wartete.

»Mach hin, bevor die ersten Besucher kommen«, sagte die gleiche Männerstimme wie zuvor. Eine zweite brummte irgendetwas. Eine Leiter wurde hin und her geschoben, Schalter an- und ausgeknipst. Dann klapperte die Tür erneut.

Schritte eines weiteren Mannes klangen hart auf dem Fliesenboden.

»Kriegt ihr die Schaltung so hin, dass wir das Bild auf unseren Smartphones abrufen können?«, fragte ein tiefer Bass.

»Klar, Fiebig, dafür hast du uns doch engagiert.«

Eine Akkubohrmaschine lief an. Jemand fluchte. Der Mann mit der tiefen Stimme lief weiter hin und her, grummelte die ganze Zeit vor sich hin.

Jetzt blieb er stehen, klopfte an ein Glas.

»Guck an«, rief er, »das Vieh wird nervös. Wenn wir den Kerl erwischen, sollte man so eine Viper auf ihn hetzen.«

Kuschinski grinste böse.

Nach einer halben Stunde kehrte endlich Ruhe ein.

Gerade wollte Kuschinski sein Versteck verlassen, als eine Horde Schulkinder hereinlärmte.

»Puh. Das stinkt. Ih. Kommt her, hier ist ein Babykrokodil!«, schrie es durcheinander.

Eine schrille Frauenstimme forderte Ruhe. Dann hörte Kuschinski eine Stimme, die er kannte. Der Zootierarzt hielt den Kindern einen Vortrag über die Eigenarten der Schlangen.

»Der hat keine Ahnung«, knurrte Kuschinski in sich hinein. So langsam wurde ihm seine gekrümmte Haltung unter dem Tisch unangenehm.

Der Arzt hielt sich Gott sei Dank kurz, und bald polterten alle wieder hinaus. Kuschinski kroch hervor, reckte sich und verließ den Arbeitsbereich. In der Halle schaute er nach oben. Eine kleine Videokamera hing zwischen Palmenblätter versteckt. Er sah sie trotzdem.

Außer ihm befand sich niemand in dem Raum. Einen kurzen Augenblick spielte er mit dem Gedanken, das Ding einfach abzureißen.

Dann hatte er eine andere Idee. Mit einem Bambusstab schob er die Kamera aus ihrem voreingestellten Winkel. Jetzt dürfte sie nur noch den Hauptzugang im Sichtfeld haben.

Ungesehen verschwand er durch die kleine Personaltür, die hinter dem Reptilienhaus zu den Gewächshäusern führte. Eine leere Schubkarre stand ihm im Weg. Aus einem Impuls heraus griff er sie und schob die Karre um die Ecke. Dann ging er mit ihr den Hauptweg hinunter.

Am Seehundebecken standen zwei Kriminalbeamte. Sie schauten nicht ins Wasser. Ihr Blick ging hoch zum Reptilienhaus. Dahinter kam von den Gewächshäusern her gerade ein Zooarbeiter, der eine Karre schob. Sie beachteten ihn nicht weiter.

Kuschinski ging mit gesenktem Kopf an ihnen vorbei. Seine tief in die Stirn gezogene Mütze verdeckte die roten Haare.

Einige Besucher schlenderten inzwischen auf den Wegen. Mit seiner Karre kurvte er zwischen ihnen hindurch, ließ sie dann an der Baustelle für das Flamingogehege stehen.

Eilig, aber nicht zu schnell, bewegte er sich zum Ausgang hin.

Er sah niemanden, der sich für ihn zu interessieren schien. Er ging hinunter zum Stadion, von dort wieder den Böttingerweg hinauf und hinter der Sambatrasse in den Wald. Erst jetzt fühlte er sich einigermaßen sicher, wusste aber vorerst nicht, wohin. Eine Zeit lang trabte er ziellos umher, benutzte nicht den Wanderweg, sondern Trampelpfade. Dann bemerkte er einen Unterstand, vor dem Holz aufgestapelt war. Er überlegte nicht lange, kroch hinter das Holz und igelte sich ein. Lange Stunden döste er so vor sich hin.

Irgendwann begann die feuchte Luft, seine Kleidung zu durchdringen. Ihn fröstelte.

Kuschinski krabbelte hervor, schlug seine Hände um die Schultern, um sich warm zu klopfen. Noch einmal schüttelte er sich, dann machte er sich auf den Weg in die Stadt. Langsam kroch die Dämmerung heran. Sie schickte sich an, den Tag zu verdrängen.

23. KAPITEL

Lars saß die ganze Nacht über an Lauras Krankenbett. Kurz vor dem Morgengrauen übermannte ihn der Schlaf. Geweckt wurde er von Lauras Vater, den bis dahin niemand informiert hatte. Erst frühmorgens war es Fiebig eingefallen, dass er vielleicht doch mal Lauras Eltern anrufen sollte.

So richtig in den Schlaf war auch Fiebig die Nacht über nicht gekommen. Weit vor Dienstbeginn trabte er bereits unruhig in seinem Büro hin und her. Er zermarterte sich das Hirn. Es fiel ihm nichts weiter ein, was zum Auffinden Kuschinskis beitragen könnte, außer Warten. Als er sich dann auf den Weg zum Zoo machte, um den Kameraeinbau im Reptilienhaus zu inspizieren, hatte Lars sich gerade zu Hause zum Schlafen niedergelegt.

Gegen Mittag weckte ihn das Telefon. Lauras Vater teilte mit, dass die Ärzte guter Hoffnung seien. Es sei nicht so dramatisch, wie zuvor angenommen. Man habe Laura eine Kanüle gelegt, um den Druck in ihrem Gehirn zu verringern. Die Hirnschale sei nur angebrochen. Wahrscheinlich werde seine Tochter bereits am Nachmittag aus dem künstlichen Koma geholt.

Lars duschte kalt, versuchte, dabei ein fröhliches Liedchen zu pfeifen, und verschluckte sich prompt.

Voller Elan begab er sich am frühen Nachmittag in die Redaktion. Sein Chefredakteur empfing ihn mit in die Hüften gestemmten Armen. Breitbeinig versperrte er ihm den Zugang zu den Büroräumen. Lars konnte ihn nicht ignorieren.

Wieso er ohne Absprache mit ihm so einen fürchterlichen Artikel geschrieben habe, wollte er wissen. Den Nachtredakteur habe er auch schon zusammengefaltet.

Bevor Lars die richtigen Worte fand, um seinen Chef zu besänftigen, klopfte der ihm auf die Schulter.

»Mieser Stil, aber gut gemacht. Für heute hat sich unsere Auflage um ein Drittel gesteigert.«

Er grinste verschmitzt. Lars schloss sich vorsichtig an.

»Es ist dir doch klar, dass du diesen irren Mörder damit auf dich lenkst?«

Lars nickte. »Ich pass schon auf.«

»Sei vorsichtig.« Noch einmal klopfte der Chef ihm auf die Schulter und verzog sich dann wieder in sein Büro. Zahlen ratterten in seinem Kopf. Sein Mitarbeiter kam in diesen Gedankenspielen nicht vor.

Kaum saß Lars auf seinem Platz, stellte er entnervt fest, dass sein Artikel nicht ohne Resonanz geblieben war.

E-Mails überfluteten seinen PC. Hilfesuchend glitt sein Blick zur Zimmerdecke. Die Neonröhren erleuchteten ihn nicht. Aus den Augenwinkeln sah er einen jungen Mann auf sich zukommen.

Lars kannte ihn nicht. Fragend schaute er ihn an.

»Schönen Gruß von Fiebig«, sagte der Mann. »Bis Kuschinski gefasst ist, weiche ich nicht mehr von Ihrer Seite.«

»Hatte ich fast befürchtet. Kaffee?«

»Gerne.«

Mit einem entwaffnenden Lächeln streckte der Mann ihm dann seine Hand entgegen. »Lars Breidenbach.«

Nun musste auch Lars lachen. Er streckte seinem Namensvetter ebenfalls die Hand hin.

»Das entspricht nicht gerade der gängigen Mode; aber Fiebig besteht darauf, dass Sie die hier anziehen.«

Dabei breitete Lars zwo eine Weste aus, die er bisher über dem Arm getragen hatte.

»Was soll ich damit?«

»Ist eine schusssichere Weste, die hoffentlich auch eine Giftspritze oder eine Messerattacke abhalten kann«, kam die erklärende Antwort.

»Wenn Sie ein Jackett darüber tragen, fällt sie nicht so auf.«

Lars seufzte. »Die macht dick, aber wenn es denn sein muss. Wir können uns duzen. Wer weiß, wie lange unsere gemeinsame Zeit andauert.«

»Gerne«, sagte Lars zu Lars. Er war ein höflicher Mensch.

»Setz dich. Ich hole uns Kaffee.«

Äußerlich erschien Lars Lombardi gelassen. Der Schein trog. Er war nervös und angespannt. Über die Folgen seines Artikels hatte er sich vorab keine weiteren Gedanken gemacht. Mit Erscheinen seines Namensvetters wurde ihm erst so richtig klar, in welcher Gefahr er sich befand. Er hätte das Ganze besser durchdenken und vielleicht doch auf Fiebig hören sollen. Kuschinski war gefährlich und unberechenbar.

Im Stillen dankte er Fiebig, dass der ihm einen Leibwächter an die Seite stellte.

Und draußen steht ein unauffälliger Wagen mit einem zweiten Kollegen, wurde ihm zur Beruhigung auch noch gesagt. Das gab Lars ein wenig Sicherheit.

Lars zwo war Angehöriger der Fahndung, erfuhr er im Gespräch. Natürlich wollte er Genaueres wissen und fragte und fragte. Er benötigte etwas zur Ablenkung. Das lange Gespräch, mit viel Kaffee hintergespült, ließ ihn für Stunden sein eigenes Problem vergessen. Irgendwann fiel sein Blick nach draußen. Blaues Licht flackerte herüber. Die Schwebebahnschienen wurden abends abschnittsweise illuminiert. Wie ein blaues Band zogen sich die Lichter entlang des Stahlgerüstes.

Erschrocken schaute Lars auf die Uhr.

»Ich muss wieder ins Krankenhaus«, sprang er auf.

»Langsam«, bremste ihn Lars zwo.

»Wir kommen jetzt raus«, sprach er dann in ein Funkgerät, und erst danach begaben sie sich zum Aufzug.

Kuschinski war den ganzen Weg vom Burgholz bis Elberfeld zu Fuß gegangen. In einer Bäckerei kaufte er zwei Brötchen, aß sie während des Weitergehens. Weder in dem Laden noch unterwegs nahm irgendjemand besondere Notiz von ihm. Dagegen hatte er natürlich nichts. Es wunderte ihn aber schon, denn sein Foto fand sich an allen Kiosken und in vielen Schaufenstern. Seine Wut auf den Zeitungsmenschen schaukelte sich hoch. Ununterbrochen brabbelte er vor sich hin. Er merkte nicht, dass die Passanten, die ihm entgegenkamen, einen Bogen um ihn machten. Sie wollten Abstand zu diesem Sonderling halten.

Ab und zu klarten Kuschinskis Gedanken auf. Er plante für den nächsten Tag.

Wenn der Schmierfink erledigt ist, haue ich für immer ab, beschloss er, ohne allerdings zu wissen, wohin.

Bisher sah auch alles so aus, als ob er unerkannt bleiben würde.

Kein Passant blickte ihm ins Gesicht. Alle waren mit sich selber beschäftigt oder schauten sich die Auslagen in den erleuchteten Fenstern der Läden und Boutiquen an.

Er kam von der Kasinostraße her auf die Schwebebahnstation Ohligsmühle zu. Der Observationswagen der Kripo stand auf der anderen Seite, von wo der Fahnder den Eingang der Zeitungsredaktion sehen konnte. Kuschinski sah er von seinem Standort aus nicht, und der sah nicht den Fahnder.

Der Bahnsteig der Station war ungewöhnlich voll. Die Leute kamen von der Arbeit oder wollten nach dem Einkaufen nach Hause schweben. Ihr Gemurmel übertönte das Rauschen der Wupper, die sich unter ihnen durch das mit Mauern eingefasste Flussbett wälzte. Der Herbstregen der letzten Wochen hatte den Wasserstand bereits an den Rand der Uferböschungen gehoben. Eine Überflutung war nicht zu befürchten. Wenn es kritisch würde, regelte der Wupperverband den Durchfluss über die angebundenen Talsperren des Bergischen Landes.

Kuschinski hatte von so etwas keine Ahnung. Ihn interessierte zurzeit sowieso anderes.

Er mischte sich unter die wartenden Passagiere, stand mit abgewandtem Rücken der Glasfront zugewandt. Im gegenüberliegenden Zeitungsgebäude brannte fast überall noch Licht. Der Eingang war gut zu sehen.

Kuschinski hoffte, dass der Reporter noch im Hause war und bald hinauskommen werde, um Feierabend zu machen.

Sein Blick suchte die Umgebung ab. Der Wagen der Kripo fiel ihm jetzt auf. Am Steuer saß ein junger Mann, der ständig in eine Richtung schaute, in Richtung des Eingangs.

Kuschinski grinste. Er kam sich ungeheuer schlau vor.

Die Station begann zu vibrieren. Von der großen Kurve der nahe gelegenen Kreuzung her, wo die Bahn die Straße querte, sah er einen der neuen blauen Gelenkzüge heranschweben.

Sein Blick ging wieder zum Eingang des Zeitungsgebäudes hinunter.

Zwei Männer traten gerade heraus. Wenn ihn nicht alles täuschte, war einer von ihnen dieser Schreiberling. Er trug nach hinten gekämmtes Haar, das zum Zopf gebunden war. Das musste er sein. Vornehm sah der aus. Ein offener dunkler Mantel, darunter noch ein Jackett.

Muss ich eben versuchen, den Hals zu treffen, dachte Kuschinski und tastete nach seiner Spritze in der Jackentasche.

Die beiden Männer traten gerade durch die sich automatisch öffnende Tür auf die Plattform vor das Redaktionsgebäude, als bei Lars zwo das Handy klingelte.

»'tschuldigung, warte einen Augenblick«, sagte er und trat wieder in den Eingangsbereich zurück.

Wollte Lars auch eigentlich, hatte aber jetzt nur noch Laura im Kopf. Außerdem kam gerade die Schwebebahn und in der Kälte zehn Minuten auf die nächste zu warten, war ihm zu lang. Ohne zu überlegen, sprintete er los, hetzte die Stufen hinauf und sah oben, dass die Massen der Leute, die mitfahren wollten, sich noch vor den Türen der Bahn drängelten. Langsamer ging er auf das Ende der Schlange zu, die am hinteren Wagen vor der letzten Tür stand. Die Bahn pendelte immer noch heftig hin und her. Eine Eigenart der neuen Züge, die noch nicht abgestellt werden konnte.

Ein weiterer Passagier schien sich nicht in das Getümmel stürzen zu wollen. Mit dem Rücken stand er zur Bahn, drehte sich jetzt erst um und kam gemächlich herüber. Ein flüchtiger Blick des Reporters streifte ihn.

Lars zuckte zusammen, schaute genauer hin, und als sich ihre Blicke trafen, wusste er, dass es Kuschinski war.

Er hielt die Spritze bereits in der Hand. Mit einem Sprung stürzte er jetzt vor, im Begriff, blitzschnell zuzustechen. Lars wehrte die vorschnellende Hand ab. Die Spritze flog durch die Luft und verschwand im Spalt zwischen Bahn und darunterliegendem Gitterboden der Station.

Das Gerangel, das jetzt zwischen den beiden entstand, veranlasste die vor ihnen Stehenden, wütend nach hinten zu schlagen. Sie glaubten, dass die zwei unverschämt drängelten.

Endlich waren alle im Waggon. Böse Blicke trafen die Kämpfenden.

»Haut ab, ihr Affen!«, schrie jemand.

Kuschinski hatte sich von Lars' Griff losgerissen, hielt plötzlich ein Messer in der Hand und stach blindlings zu. Lars spürte die Stiche wie dumpfe Stöße gegen seine Brust. Kuschinski merkte erstaunt, dass sein Messer nicht durchdrang. Er stolperte einen Schritt zurück, um Lars' Fäusten auszuweichen.

In diesem Augenblick schlossen zischend die Türen der Bahn. Lars wollte im letzten Augenblick hineinspringen, rutschte am Einstieg ab und strauchelte. Sein Mantelsaum verklemmte sich in der schließenden Tür. Die anfahrende Bahn riss ihn um, gab den Mantel frei. Kuschinski stürzte sich auf Lars. Der trat nach ihm, verfehlte ihn aber. Sein Fuß verklemmte sich unter der Bahn, die Fahrt aufnahm. Es knirschte vernehmlich. Lars durchzuckte ein nicht auszuhaltender Schmerz, der ihn wild aufschreien ließ, bevor er in Ohnmacht fiel.

Lars zwo hatte einen kurzen Anruf von Fiebig erhalten, der nur wissen wollte, ob alles in Ordnung sei. Danach wandte er sich wieder um, wollte hinter Lars hergehen. Der lief bereits die Treppen zur Station hoch. Die Bahn fuhr gerade ein. Lars zwo rannte nun auch los. Schon auf der Treppe hörte er Schreie. Im Laufen zog er seine Pistole.

Keuchend erreichte er die Plattform, aus der die Bahn gerade davonschwebte. Lars sah er regungslos auf dem Boden liegen, halb im Fahrprofil der Bahn. Kuschinski stand über ihn gebeugt, das Messer zum Stoß erhoben.

»Waffe weg!«, schrie Lars zwo.

Kuschinski schaute kurz in seine Richtung, sprang

dann über die Balustrade zur anderen Seite der Station hinüber und rannte los.

»Stehen bleiben! Polizei!«

Kuschinski reagierte darauf nicht.

Lars zwo gab zwei schnelle Warnschüsse in die Luft ab. So hatte er es gelernt. Dass die Station rundherum verglast war, vergaß er dabei. Scherben prasselten auf ihn nieder.

Kuschinski sah den Polizisten in die Knie gehen, blieb unschlüssig stehen. Sein hin und her flackernder Blick blieb an der signalgelben Stahlleiter hängen, die zu den Schienen hinaufführte. Auf jeder Station war eine solche Leiter installiert, damit Arbeiter für Kontrollgänge und Reparaturen auf das Dach des Schwebebahngerüstes gelangen konnten. Dort führte ein hölzerner Laufsteg die gesamten 13,3 Kilometer der Schwebebahnstrecke entlang.

Kurz entschlossen stieg Kuschinski hinauf und lief in Richtung Döppersberg. Alle paar Meter musste er mit eingezogenem Kopf gebückt den Stahlträgern ausweichen, die kein aufrechtes Laufen ermöglichten.

Von oben sah er den anderen Polizisten aus seinem Wagen springen und in die Station hineinlaufen. Auch er hatte seine Pistole in der Hand.

Auf dem Bahnsteig fand der Fahnder seinen Kollegen blutend am Boden liegen. In einiger Entfernung lag Lars, immer noch regungslos.

Lars zwo stöhnte, wies mit der Hand nach oben, aber der Kollege verstand die Geste nicht.

Außer den beiden Verletzten sah er niemanden. Er rief einen Krankenwagen und den Notarzt.

Kuschinski lief noch ungefähr 100 Meter weiter und blieb dann keuchend stehen. Weiterlaufen brachte nichts. Am Döppersberg würden sicherlich auch eine Menge Leute in der Station stehen, die ihn sehen würden.

Ratlos schaute er sich um, blickte in die Wupper hinunter.

Dann sah er einen Ausweg. Am nächsten Stützpfeiler des Gerüstes hangelte er sich hinunter, stand nun auf der Uferböschung unterhalb der Mauer am Eiland. Vor ihm befand sich der Auslauf des Mirker Baches.

Ein großes Rohr spülte den unterirdischen Bach an dieser Stelle in die Wupper. Der Bachlauf war nicht einmal knietief. Das Rohr hatte einen großen Querschnitt, der es Kuschinski ermöglichte, in gebückter Haltung das dunkle Loch zu betreten. Vorsichtig ging er weiter, stützte sich mit den Händen an den Rändern ab. Sich so vorwärts tastend, kam er gut voran. Irgendetwas huschte an ihm vorbei. Als noch ein aufgeregtes Fiepen dazukam, wurde es ihm unheimlich. Vor den Ratten hatte er im stockdunklen Rohr Schiss.

Über sich hörte er plötzlich Schritte. Er hatte einen Schacht erreicht, der nach oben führte. Ein schwaches Licht zeigte ihm einen Gullideckel an. Eiserne Haken in der Wand des Schachtes dienten als Leiter. Er kletterte hinauf und versuchte, den Deckel aufzustemmen. Nach etlichen Versuchen gelang es ihm schließlich. Er schob den Deckel beiseite und lugte vorsichtig hinaus.

Offensichtlich befand er sich auf dem Neumarkt. Er sah den angestrahlten Brunnen und den erleuchteten Turm des alten Rathauses. Ein Rundumblick versicherte ihm, dass keine Menschen in der Nähe waren. Nur die mit Planen verhangenen Marktbuden standen im Halbschatten.

Er stieg nun ganz an die Oberfläche, schob den Deckel zurück und verschwand zwischen den Gassen des Marktes.

Während Streifenwagenbesatzungen die Wupper und das Schwebebahngerüst nach ihm absuchten, ein Hubschrauber im Anflug war, der entlang der Wupper das Schwebebahngerüst ableuchtete, ging Kuschinski auf Nebenstrecken zurück in Richtung Zoo.

24. KAPITEL

Reflexion seines verpfuschten Lebens? Bedauern seiner schrecklichen Taten? Sein neurotischer Zwang, alles zu hassen, was nicht seinem Lebensbild entsprach? Seine wilden Aggressionsausbrüche?

Nichts von alledem ging Kuschinski jemals durch den Kopf. Nie wäre ihm der Gedanke gekommen, dass irgendetwas falsch sein könnte an dem, was er tat. Er lebte in einer abgeschotteten Welt. Die Welt der anderen war nicht die seine, und sie interessierte ihn auch nicht. Freunde hatte er keine. Es existierten sehr, sehr wenige Menschen, mit denen er klarkam. Merkwürdigerweise wollte er aber geliebt werden, wollte sich als Sänger mitteilen und ein Publikum an seinem Weltbild teilhaben lassen.

Dass das Publikum nicht ihn bejubelte, sondern seine Bühnenperformance und seine aberwitzige Verkleidung, und sich in Wirklichkeit über ihn lustig machte, kam ihm nicht in den Sinn. Er glaubte, dass sein Publikum ihn und seine Botschaft verstand.

Er konnte sich überhaupt nicht vorstellen, dass es

Menschen gab, die ein völlig anderes Weltbild und einen völlig anderen kulturellen Geschmack hatten.

Allerdings hatte er inzwischen begriffen, als Sänger nie mehr auftreten zu können. Was blieb ihm dann noch? Vielleicht nur Irene? Die verstand ihn, himmelte ihn sogar an. Zu ihr zu flüchten machte aber keinen Sinn. Sie stand sicherlich auch unter polizeilicher Beobachtung.

Dass sie zurzeit in Untersuchungshaft saß, weil sie einem Mörder, nämlich ihm, zur Flucht verholfen hatte, wusste er nicht, würde es auch gar nicht verstehen.

Wohin also?

In seiner Wohnung auf dem Ehrenberg würden ihn sicher die Bullen erwarten. In der alten Wohnung an der Schwelmer Straße bestimmt auch. Zu Irene zu gehen, hatte er sowieso schon ausgeschlossen. Blieb ihm nur ein Ort – der Zoo.

Auch dort wartete die Polizei. Er hatte sie ja selber gesehen und auch die Überwachungskamera im Reptilienhaus bemerkt.

Trotzdem. Er wusste nicht, wohin sonst. Vielleicht könnte er noch ganz aus der Stadt abhauen? Dafür fehlten ihm aber das Geld und auch der Schwung. Er fühlte sich ausgebrannt.

Im Reptilienhaus würden sie ihn auch finden; aber zusammen mit seiner Mamba könnte er die verhassten Bullen noch einmal arg in Bedrängnis bringen.

Vielleicht erschossen sie ihn dann? Auch egal. Dann war es eben vorbei.

Kreuz und quer ging es so in seinem Kopf zu. Währenddessen trabten seine Füße immer weiter auf den Zoo zu, als ob sie das Ziel eher gekannt hätten als er.

Das gesamte Zoogelände war von Polizei umstellt. Womöglich sah er aber auch nur Gespenster? Zu dieser feuchten Abendstunde standen allerdings ein paar zu viele Liebespaare herum, eng umschlungen und doch in keiner echten Pose. Spaziergänger schlenderten scheinbar ziellos umher. Das musste selbst dem Dümmsten merkwürdig vorkommen.

So doof bin ich dann doch nicht, brummelte Kuschinski in sich hinein. Dieser Aufmarsch verletzte seine Ehre, spornte seinen Sportsgeist an.

Er verzog sich in einen Hauseingang unten an der Hubertusallee, schräg gegenüber dem Stadion. Eine ganze Zeit lang beobachtete er das Treiben. Die Liebespaare wechselten mehrmals ihren Standort. Die Spaziergänger liefen mal größere, mal kleinere Schleifen, und die Personen tauschten sich untereinander aus. Dadurch entstand der Eindruck, als ob es immer andere Leute waren, die ein unbedachter Betrachter zu sehen bekam. Das konnte nur die Polizei sein. Sie warteten auf ihn. Es machte ihn ein bisschen stolz, dass es ihnen trotz ihres Großaufgebotes bisher nicht gelungen war, ihn zu fangen.

Im Augenblick wusste er aber nicht, wie dieser Ring zu durchdringen sei, ohne dass er bemerkt würde. Resignation erfasste ihn. Es hatte doch alles keinen

Zweck mehr. Vielleicht sollte er einfach hervortreten und rufen: »Hier bin ich«, dann wäre es wenigstens vorbei.

Unschlüssig schaute er der Szenerie zu. Einer der Spaziergänger überquerte gerade die Straße und ging auf die Schwebebahnstation unten an der Hauptstraße zu. Das Pärchen an der Ecke verließ ebenfalls seinen Platz, schlenderte die Straße hinauf. Kuschinskis Blick verfolgte sie, bis sie nicht mehr zu sehen waren. Der Mann unten betrat gerade die Station. Für einen Augenblick war niemand Weiteres im Umkreis zu entdecken.

Kuschinski trippelte nervös auf der Stelle. Er fror. Sein unruhiger Blick erfasste nur noch vom schwachen Laternenlicht beleuchtete leere Straßen. Und er sah plötzlich auf dem Parkplatz drüben zwischen dem Stadion und dem Restaurant an der Hubertusallee einen Hänger stehen. Die Ladung dampfte noch. Mist und altes Stroh aus dem Elefantenhaus und den anderen Ställen. Morgen früh würde der Hänger mit einer Zugmaschine zu einem der Bauern gefahren werden, der diese Ladung als Dung auf ein Feld aufbringen würde. Der Transport würde anschließend mit einer Fuhre von frischem Heu und Stroh zurückkommen und direkt in den Zoo fahren.

Kuschinski lief los. Er hetzte über die Straße, über den Parkplatz, erreichte keuchend den Hänger und schaute sich hastig um. Niemand hatte ihn bemerkt.

Er kletterte hinauf und wühlte sich in eine trockene

Ecke des streng riechenden Gemisches aus Gras und Stroh. Er drehte sich auf den Rücken, ließ seiner Nase Luft und blickte in den dunkel verhangenen Himmel hinauf. Schritte kamen näher, verhielten, Stimmen flüsterten, dann entfernten sie sich wieder.

Kuschinski schloss die Augen und schlief erschöpft ein.

25. KAPITEL

Die mondlos trübe Nacht hatte sich in einen strahlenden Herbstmorgen gewandelt. Gierig saugten die Blätter der Bäume die noch schwache Sonne auf, streckten ihr gelbe, rote, braune Blätter entgegen, die in allen Schattierungen den Herbst priesen.

Kuschinski hatte Mühe, seine verklebten Augen zu öffnen. Alle Knochen im Leib taten ihm weh. Ein heftiger Ruck hatte ihn geweckt. Der Hänger wurde angekuppelt. Die Fahrt führte über Vohwinkel zu einem Gehöft an der Grenze zu Gruiten, endete dort zunächst vor einem Stallgebäude.

»Erst mal 'nen Kaffee?«, fragte eine weiche weibliche Stimme.

»Jau, das täte gut, ist doch noch ein wenig frisch«, antwortete eine Männerstimme. Beide entfernten sich vom Fahrzeug.

Kuschinski fand nicht, dass es frisch war. Er sog dankend die wärmende Sonne in sich auf, während er vom Hänger kletterte und sich umschaute. Eine offen stehende Scheune fand sofort sein Interesse. Strohballen lagen dort zum Abtransport bereit. Hinter ihnen versteckte er sich. Kurz darauf kamen der Mann und die Frau zurück. Die Frau sagte, dass der Mist direkt hier vor dem Stall abgekippt werden könne, um danach die Strohballen aufzuladen.

Kuschinski zog sich leise in den hinteren Teil der Scheune zurück. Der Mann ließ sich Zeit. Er balzte die Frau an. Offensichtlich gefiel es ihr. Ihr helles Lachen störte Kuschinski. Er hielt sich die Ohren zu. Endlich war der Hänger leergeräumt. Die Frau fuhr einen Gabelstapler heran und hievte nun die Strohballen auf den Hänger. Nachdem ihre Arbeit beendet war, standen beide noch vorne an der Zugmaschine und rauchten eine Zigarette.

Kuschinski nutzte diesen Augenblick, um wiederum auf den Hänger zu klettern und sich diesmal zwischen den Ballen zu verstecken.

Ohne Unterbrechung ging es sodann zurück. Vor der Einfahrt zum Zoo stoppte der Fahrer und hupte dreimal kurz. Das Tor wurde von innen aufgeschoben, und dann standen sie auf dem Platz vor den Wirtschaftsgebäuden. Jemand kuppelte den Hänger ab und fuhr die Zugmaschine weg. Die Schritte eines zweiten Mannes entfernten sich, eine Tür fiel zu.

Kuschinski lugte hervor, sah niemanden, sprang ab und verschwand fürs Erste hinter ein Gebüsch. Er fixierte das Bürofenster des nahe stehenden Gebäudes. Der Tierarzt hatte dort seine Praxisräume. Drinnen konnte er keine Bewegung erspähen.

Auch nur wenige Zoobesucher gönnten sich den

sonnigen Vormittag. Er sah sie ganz unten am Weg, noch weit entfernt. Lediglich zwei Besucher standen am Seehundebecken, schauten aber nicht herüber. In seiner weiteren Umgebung sah Kuschinski keine anderen Personen, außer einem Rentner, der auf der Bank vor dem Reptilienhaus saß.

Der würde ihn nicht stören. Der Alte hielt sein Gesicht mit geschlossenen Augen der Sonne zugewandt. Neben ihm lag eine Zeitung, darauf ein angebissenes Brötchen. Jetzt strich er sich über seine Glatze und stülpte dann ein Hütchen mit Pepitamuster über.

Kuschinski verließ das Gebüsch und trat auf den Weg. Als sei er ein normaler Besucher, schlenderte er die wenigen Meter bis zum Reptilienhaus, tat so, als ob er sich dabei interessiert umsah. Den Rentner auf der Bank grüßte er höflich. Der Mann schaute nur flüchtig auf, nickte und schloss wieder seine Augen.

Kuschinski war vorbei, stand jetzt im Halbdunklen des Reptilienhauses. Auch hier störten ihn keine weiteren Besucher. Erleichtert verschwand er hinter den Terrarien im Arbeitsbereich.

»Er ist jetzt drin«, flüsterte Fiebig in ein kleines Mikrofon an seinem Jackenaufschlag. »Kommt langsam und leise näher und achtet auch auf den Seitenausgang.«

Ruhig stand er auf, schmiss Brötchen und Zeitung in einen Papierkorb und betrat ebenfalls das Reptilienhaus.

Fiebig hatte sich geschworen, Kuschinski nicht noch einmal entkommen zu lassen. Den Fahndern machte er keinen Vorwurf, hatte trotzdem beschlossen, die Sache jetzt selbst in die Hand zu nehmen. Ähnlich wie bei Kuschinski führten seine Überlegungen zu dem Schluss, dass es im Zoo bei der Mamba enden würde. Gerne würde er die Aktion hier unbeschadet überstehen; aber sicher war er sich dabei nicht. Andererseits war in letzter Zeit zu viel Schreckliches passiert, als dass er sich aus der Verantwortung stehlen könnte. Er musste sich hier persönlich einbringen. Das war er seinem Selbstwertgefühl und auch Lars und Laura schuldig.

Mit leicht mulmigem Gefühl schloss er die Tür hinter sich und sah sich alleine mit stummen Fischen, die unbeirrt ihre Bahnen zogen. Nur das leise Gluckern des von den Ventilatoren bewegten Wassers war zu hören.

Vorsichtig betrat Fiebig den Durchgang zur hinteren Halle, hielt seine Waffe mit beiden Händen vorgestreckt. Nur dösende Reptilien empfingen ihn. Sie schenkten ihm keine Beachtung.

Kuschinski hatte sich gerade eine Lederschürze umgebunden und die langen, über die Unterarme reichenden festen Handschuhe angezogen, als er die Tür klappern hörte.

Langsame Schritte gingen ein paar Meter in den Raum hinein, verharrten dann.

Genau wie Fiebig hielt auch er den Atem an.

Ein tiefer Bass dröhnte plötzlich durch die Stille: »Kuschinski, komm raus!«

Er zuckte zusammen. Diese Stimme hatte er schon einmal gehört. Leise hob er die Glaskiste mit der Mamba aus dem Regal. Von der Werkbank nahm er einen schweren Hammer und klemmte ihn sich unter den Arm.

So trat er langsam hinaus, vor die Terrarien.

Fiebig stand einige Meter entfernt, hielt eine Pistole auf ihn gerichtet.

Perplex blickte Kuschinski auf den vermeintlichen Rentner. Bisher hatte er nur junge Männer als Polizisten gesehen.

»Schicken sie jetzt schon alte Männer an die Front?«

Kuschinski lachte meckernd. Die Pistole machte ihm keine Angst mehr.

»Stell das Vieh vorsichtig auf den Boden, leg den Hammer weg und knie dich hin!«, knarzte Fiebig.

Von wegen »alter Mann«. Mit so einem Bürschchen würde er noch allemal fertig.

Kuschinski stellte die Glaskiste vor seinen Füßen ab. Den Hammer behielt er in der Hand. Er dachte nicht daran, aufzugeben.

»Wenn du schießt, haue ich noch mit meinem letzten Atemzug die Terrarien kaputt und lass all die giftigen Biester frei.«

Das bösartige Grinsen verzerrte Kuschinskis Gesichtszüge ins Groteske. Sehr langsam bückte er sich zu seiner Mamba hinab und versuchte, den kleinen Schlüssel in die Verriegelung zu bugsieren. Dabei schielte er unentwegt zu Fiebig herüber.

Mit den klobigen Handschuhen gelang es ihm nicht, das Glasgehäuse zu öffnen. Seine Hand zitterte. Er streifte sich den rechten Handschuh ab, hielt dabei mit der linken den Hammer die ganze Zeit zum Schlag erhoben.

Endlich hatte er die Luke im Glaskasten geöffnet. Mit glänzenden Augen griff er hinein. Die Mamba zuckte nervös hin und her. Kuschinski bekam sie nicht richtig zu packen. Sein Griff saß nicht exakt am Kopf. Der hatte zu viel Bewegungsfreiheit. Der Kopf der Mamba schnellte blitzschnell herum, und bevor Kuschinski reagieren konnte, hatte sie vier- oder fünfmal ihre Zähne in seine Hand geschlagen.

Mit einem Aufschrei riss er die Hand heraus. Die Schlange mit. Im hohen Bogen segelte sie durch die Luft, klatschte vor Fiebig auf den Boden.

Fiebig sprang einen Schritt zurück. Sein ganzes Magazin verfeuerte er auf den zuckenden Schlangenleib. Noch im Todeskampf, aber schon zerfetzt, bäumte sich das Reptil wild auf.

Querschläger prallten vom gefliesten Boden ab, ließen Gläser der Terrarien zerspringen und aufgeregte Schlangen den Weg in die Freiheit suchen.

Einer der Querschläger traf Kuschinski in den Oberschenkel. Wimmernd sank er zu Boden.

Beide Türen des Reptilienhauses flogen auf. Fiebigs Männer kamen hereingestürzt.

»Raus hier!«, schrie Fiebig. »Verrammelt alle Türen!«

Er griff Kuschinskis Kragen und zog ihn hinaus.

Elke, die draußen stehen geblieben war, wollte dem Mann Handschellen anlegen, aber Fiebig winkte ab.

Er hatte bereits sein Handy am Ohr und orderte den Krankenwagen und den Notarzt. Fiebig hatte sie vorsorglich in einer Nebenstraße in Bereitschaft stehen lassen.

Während Kuschinskis angeschossenes Bein notdürftig behandelt wurde, krampfte er. Sein Atem ging pfeifend. Seine glasigen Augen schauten blicklos gen Himmel, angstvoll geweitet.

Fiebig telefonierte immer noch. Er bat den Zootierarzt, sofort mit seinem Antiserum hier zum Notarzt zu kommen.

»Wir hatten nur noch eine Ampulle, und Ersatz ist derzeit nicht zu bekommen«, musste der Arzt bedauernd ablehnen. Er gab Fiebig die Nummer der Uniklinik Düsseldorf, der Abteilung, die sich mit der Erforschung von Schlangengiften beschäftigte.

Auch dort erhielt Fiebig eine Absage. Ein einsatzfähiges Serum habe man derzeit nicht vorrätig.

Sein Gesprächspartner gab den Tipp, den Patienten zu beatmen und ihm eine Beruhigungsspritze zu setzen. Ob das viel helfe, könne er aber nicht sagen.

Fiebig gab das an den Notarzt weiter. Mit Blaulicht und einer Polizeieskorte ging es ins Helios-Klinikum nach Barmen.

Der Krankenwagen hätte die Eskorte nicht benötigt, aber Fiebig wollte Kuschinski nicht mehr aus den Augen lassen. Die begleitenden Beamten sollten ihn ständig hautnah bewachen.

»Ich fahre gleich auch ins Krankenhaus«, verkündete Fiebig seinen Leuten, »und ihr räumt hier auf.«

Das fand keinen Beifall. Der Tierarzt war inzwischen herbeigeeilt. Auch er war der Meinung, dass er das lieber mit seinen eigenen Leuten machen würde. Mit den Schlangen kämen sie besser zurecht als die unbedarften Polizisten.

Von den Schüssen angelockt, hatten sich gaffende Zuschauer eingefunden, die unvermeidlichen Smartphones in den Händen. Allerdings wussten sie nicht so recht, was sie fotografieren sollten.

»Nur ein kleiner Schwächeanfall«, informierte Fiebig sie. »Sie können beruhigt weitergehen.«

Nur widerwillig entfernte sich der Pulk. Wer wusste schon, ob sie hier nicht etwas verpassen würden.

Fiebig winkte Elke heran und ließ sich von ihr in die Klinik fahren.

In der Notaufnahme fanden sie Kuschinski nicht mehr vor.

»Ist oben auf der Intensiv«, klärte eine Schwester auf. »Der war schon total verkrampft und hatte Schaumaustritt vor dem Mund. Im Moment können Sie nicht zu ihm.«

Fiebig nickte.

»Dann gehen wir erst einmal zur Chirurgie.«

Dort erfragten sie Lauras Zimmer und standen dann erstaunt in einem Zweibettzimmer, das Laura sich mit Lars teilte.

»Toll, nich?«, begrüßte Lars sie lachend. »Wir dürfen zusammenliegen.«

Laura versuchte ein Lächeln, das ihr nicht ganz gelang. Schmerzhaft verzog sich ihr Mund.

»Wird schon wieder«, murmelte sie. Ihre Augen glänzten feucht. Fiebig tätschelte ihr die Hand.

»Bin froh, Sie noch unter den Lebenden zu finden. Bald können Sie bestimmt wieder richtig lachen, und dann feiern wir das bei Ihren Eltern.«

Diese rührenden Worte aus Fiebigs Mund trieben ihr endgültig die Tränen in die Augen.

Fiebig wandte sich ab.

»Und was ist mit dir?«

»Trümmerbruch«, sagte Lars, »werde wohl wochenlang mit Gips rumlaufen müssen.«

»Selber schuld.« Fiebig zeigte kein Mitleid.

»So, Leute«, Fiebig blickte ernst, »jetzt mal eine klare Ansage: In Zukunft kümmert ihr euch um den Job, den ihr gelernt habt, und ich mache meinen.«

Er hätte noch mehr sagen wollen, aber in dem Augenblick kam einer der Kollegen ins Zimmer, der zur Bewachung Kuschinskis abgestellt worden war.

»Exitus«, berichtete er, »er hatte keine Chance.«

»Wer?«, fragten Lars und Laura wie aus einem Mund.

»Unser begnadeter Schlagersänger hat zusammen mit seiner Mamba das Zeitliche gesegnet.«

Traurig schien niemand darüber zu sein.

»Damit spare ich mir die Anklageschrift«, murmelte Laura und schloss erschöpft die Augen.

DANKSAGUNG

Mein Dank gilt dem Team der Altstadtbuchhandlung Ratingen und dem Verlagsvertreter des Gmeiner Verlages, die mich ohne mein Wissen empfohlen hatten. Nach einem Besuch bei Claudia Senghaas an dem Stand des Verlages auf der Frankfurter Buchmesse wurde dieser Roman verabredet.

Unkompliziert wie selten gestaltete sich die weitere Zusammenarbeit mit Frau Senghaas komplettem Team. Vielen Dank auch dafür und herzliche Grüße aus Wuppertal, dem Herzen des Bergischen Landes, dessen reger Kulturbetrieb mich die Stadt lieben lässt.

Jürgen Kasten

Weitere Titel finden Sie auf den folgenden Seiten und im Internet:

WWW.GMEINER-VERLAG.DE

© hespasoft / stock.adobe.com

Jürgen Kasten
Begraben in Wuppertal
Kriminalroman
245 Seiten
12 x 20 cm, Paperback
ISBN 978-3-8392-2690-2
€ 12,00 [D] / € 12,40

Der Hobby-Historiker Kotthausen ist sich sicher: Das legendäre Bernsteinzimmer liegt in Wuppertal begraben. In dem Höhlenlabyrinth unter den Hardt-Anlagen begibt er sich auf die Suche danach – und wird angeschossen. Das Team um Chefermittler Fiebig nimmt die Ermittlungen auf. In einer der Höhlen stoßen sie auf Spuren, die mit alten, ungeklärten Mordfällen zusammenhängen. Will jemand deren Aufklärung verhindern? Nach und nach setzen sich die Puzzleteile zusammen – doch der Täter scheint nicht zu existieren. Sind sie einem Phantom aufgesessen?

GMEINER SPANNUNG

WWW.GMEINER-VERLAG.DE
Wir machen's spannend

Zeitfracht Medien GmbH
Ferdinand-Jühlke-Straße 7
99095 Erfurt, Deutschland
produktsicherheit@kolibri360.de